ミツル
Mitsuru
ロヴィス
Lovis
——王都防衛戦

コトネ
Kotone
ロズモンド
Rosemonde

「……あの日以来だな、ナイアロトプ」
カナタ
Kanata
「随分と増長したものだね。あれだけ怯えていたニンゲン如きが」
ナイアロトプ
Naijarotp

不死者の弟子 7

邪神の不興を買って奈落に落とされた俺の英雄譚

Nekoko
著 猫子
Hihara Yoh
画 緋原ヨウ

The Disciple of Lich

This is Heroic Tale of Mine That I Incurred Evil God's Displeasure and Dropped to the Abyss

The Disciple of Lich

This is Heroic Tale of Mine That I Incurred Evil God's Displeasure and Dropped to the Abyss

CONTENTS

第一話■王都の動乱

1　―ナイアロトプ―

「……まさか、ほんの些細《ささい》な出来事から、異世界ロークロアがここまで追い込まれることになるなんてね」

一面が白に覆われた上位次元界の空間にて、ロークロアの管理者の一人であるナイアロトプはそう零《こぼ》した。

ナイアロトプ達《たち》は神々へのエンターテイメントとして異世界ロークロアを運営しているのだ。ロークロアのバランスブレイカーとなったカナタとルナエールは、なんとしても排除しなければならなかった。

しかし、カナタ達に対して尽《ことごと》く悪手を打ち続け、ついには直属の手先ともいえる《神の見えざる手》の五人までルナエールに敗れ、カナタ達に取り込まれる形となってしまった。

こうなってしまえば、まともな収拾などもう付けられない。これ以上の干渉は、どう足掻《あが》いてもロークロアの『神々の介入を抑えた異世界エンターテイメント』という趣旨から大きく乖離《かいり》するためだ。本来であればナイアロトプの上司はこの段階で異世界ロークロアを崩壊させて、全てをお終《しま》いにするつもりであったくらいだ。

しかし、神の始祖であり王ともいえる最上位神であるあの御方が、異世界ロークロアの運営都合の半端な決着を嫌ったのだ。あの御方はわざわざナイアロトプの上司を直接呼びつけて、異世界ロークロアとカナタ騒動の、エンターテイメントとしての劇的なラストを望んだ。この勅命に逆らうという選択肢はなかった。

ともすれば、突然異世界ロークロアを消去してはいお終い、とするわけにはいかなくなってしまった。ロークロアを消去するためにも、カナタとの戦いに何かしらの決着を付けねばならなくなってしまったのだ。

故にロークロア運営は、とにかく後先考えずに過剰な干渉を行ってカナタを始末し、その後に適当な理由を付けて異世界ロークロアを消去することを決定した。そのためにナイアロトプは、かつてロークロアを崩壊間際に追い込んで、永劫《えいごう》の刑罰として封印されていた者を復活させることにしたのだ。

「久遠の時を経て現れるがいい、《破滅のゾラス》よ」

ナイアロトプの言葉に応えるように、大きな魔法陣が展開される。

魔法陣の中央に一人の男が召喚された。

彼は全身が古い彫像のように朽ち果て、白くなっていた。肉体は上半身しかなく、光の鎖で雁字《がんじ》搦《がら》めにされ、空中に固定されている。目は窪《くぼ》んでおり、虚《うつ》ろな眼窩《がんか》が広がっていた。

男の名はゾラスという。


太古のロークロアには、優れた魔法文明を有するロダコフ王国が存在した。王国を率いるのは、外法の秘技によって不老不死を得た王であった。彼は何世代にも及んでその優れた頭脳により国政を担い、そして魔法技術の探求を重ねてきた。絶対なる偉大な王としてロークロア中にその名を馳《は》せており、民からの信頼も厚かったという。

だが、ロダコフ王国に数百年に渡って栄華を齎《もたら》してきた王は、一夜にしてロダコフ王国を魔法の炎へと沈めた。

何が理由だったのかは記録に残されていない。ただの気紛《きまぐ》れだったのか、ロダコフ王国はただの一人の男をまるで神かのように崇《あが》めてきたその代償を支払うことになった。

王の魔の手は世界へと及び、ついには上位存在が干渉する事態へとなった。


——そして、その王の成れの果てこそが、ナイアロトプの目前にいるゾラスであった。

「何の用かな、上位存在。私の顔など、見たくもないはずだろうに」

ゾラスが僅かに首を持ち上げる。

「……なに、君にとっても悪くはない話さ」

ナイアロトプが指を鳴らす。ゾラスの肉体が光に包まれたかと思えば、あっという間に再生していき、急速に生気を取り戻していく。

ゾラスの身体《からだ》を縛る拘束が緩んで落下し、彼は地面へと着地した。手足にまだ僅かに光の鎖が巻き付いているものの、明らかに拘束も軽くなっていた。

「ほう、これは何のつもりだ?」

物珍しそうに、ゾラスが自身の肉体を見回す。

「肉体を完全復活させた。このままロークロアに送ってあげるよ。我々を裏切らないように行動は魔法の鎖で縛らせてもらうけど、君の目的と我々の目的は一致しているはずだ」

ナイアロトプはゾラスへ淡々と告げる。

「目障りな異世界転移者……カンバラ・カナタを殺してほしい。ついでに不死者ルナエールも仕留めて欲しいが、こちらはマストではない。ルナエールは異世界転移者ではないからね。あくまで主役ではなく、登場人物に過ぎない。こちらは神々に見せていないところで勝手に処分するなり、なんとでもやりようはある。ただ、彼女の存在がカナタを殺す際の邪魔になるだろうことは覚えておくべきだ。カナタの殺害には一切の手段を問わない。もしその余波でロークロアを壊してしまったとしても構いはしない」

「上位存在が私を頼るとはね。だが、憎きお前達に、わざわざ私が肩入れする見返りがあるのかい?」

挑戦的にゾラスが笑う。その様子にナイアロトプは舌打ちをした。

「大好きだろう、世界を台無しにするのは。今度は止めはしない、好きにやるといい。それで不足だというのならば、全てが終わった後には枷《かせ》を外して、他の世界へ転移させてやってもいい。どうだ、破格の条件だろう？」

こんな男を送り込めば、その先の世界がどうなることか、わかったものではない。しかし、それでも背に腹は代えられない。なにせこれはもう異世界ロークロアだけの問題ではない。あの御方が絡んでいる今、異世界ロークロアを運営している母体の系列コンテンツ全てに関わることである。カナタを仕留め損なうことは絶対に許されないのだ。

「太っ腹だな。とても魅力的な提案だ。だが、物足りない。上位存在、お前達の末席にこの私を加えろ」

「は、はぁ!?」

ゾラスの傲慢な言葉に、ナイアロトプはついその慇懃《いんぎん》な態度を崩した。怒りのあまり、ナイアロトプの正体である、樹《き》の化け物のような姿が表に出ていた。

「思い上がるなよ、下等生物が……！」

「思い上がってなどいない。むしろお前よりも、私の方が正当に状況を評価していると考えるが？永劫の責め苦を味わわせてやると豪語していた私を、わざわざこうして呼びつけたのだ。もう、他に何の手もないんだろう？　他の世界を私に差し出すとあっさり口にしたということは、ロークロア運営の上位神の信用が関わる事態に陥り、ロークロア単一で収まる問題ではなくなってしまったんじゃないのかと推測するが、違うかな？　それを踏まえて考えれば、充分に対等な契約であるはずだが」

「貴様……！」

ナイアロトプは下位次元の相手から軽んじられるのが何よりも嫌いであった。しかし、ゾラスの指摘通り、彼に断られるわけにはいかないのだ。

異世界ロークロアは既に《神の見えざる手》を大々的に動かし、挙げ句にゾラス同様に捕えていた《久遠の咎人《とがにん》達》の二人も表立って嗾《けしか》けている。ここまで運営の介入が露骨になった以上、もうこのコンテンツの寿命は尽きてしまった。今後存続するという選択はないのだ。世界の運営には莫《ばく》大《だい》なリソースを要する。

だが、最上位神のあの御方が異世界ロークロアのカナタ騒動に注目し、わざわざナイアロトプの上司を呼びつけてロークロアを名指しで期待していると宣言している。こうなった以上、ロークロアには何かしらの派手な決着が求められる。管理者権限によって異世界ロークロアごとカナタを消去するという選択肢はなくなった。

ナイアロトプ達、ロークロアの運営にとって『ゾラスがカナタを排除する』のはもう決定事項なのである。それ以外に取れる選択肢はない。彼に断られれば、その時点でロークロア運営は完全に身動きが取れなくなってしまう。

まさか断ってこのまま永劫の苦しみを受け入れるわけがないと、高を括《くく》ってしまっていた。こうしてゾラスから足許《あしもと》を見られる事態など、ナイアロトプは想定していなかった。

「……認め、よう。カナタを殺した暁には……君を、神の末席に加えると」

ナイアロトプは歯噛《はが》みしながらそう口にした。

「上に確認は取らなくて大丈夫か？　どうせまだお使いの身なのだろう？」

ゾラスが嘲るように口にする。

「……我々にはそれ以外手がない」

「契約を違えてくれるなよ、上位存在。それはお前達が遵守しているもの……他の上位存在共が注目している中で契約を放棄すれば、お前はこの上位次元界での居場所を失うことになる」

ゾラスはそう言って目を細める。

「知っているだろう？　このゾラスは、裏切られることを何よりも嫌悪するのだと」

「……下位存在の虫けら如《ごと》きが、この僕の足許を見るなど」

ナイアロトプは小声でそう吐き捨てた。ゾラスは聞こえなかった振りをして、飄々《ひょうひょう》とした笑みを浮かべていた。

2

俺はポメラ、フィリアと共に、世界の布石を回収するべく、ヴェランタの指示を受けて異空間へと訪れていた。

一面に果てのない虚空が広がっている。足許に浅く広がる水は、この空間内の全てを鮮明に反射しており、なかなかに幻想的な景観となっていた。

「ここが《古《いにしえ》の神域》……」

ヴェランタ曰《いわ》く、最後の世界の布石がこの空間にあるとのことだった。布石の中でもかなり古いものであり、ここに踏み入るためにも難関な手順を必要とするため、後回しになっていたのだそうだ。

この世界の布石を突破すれば、上位存在が自陣営として抱き込める強者や、そうした存在を作るための取っ掛かりは、このロークロアの中から完全に失われることになる。

……ちなみにここに入るためには、世界中に散った十三の竜の宝玉を集め、一ヵ所に揃《そろ》えてこの空間への門を開くための専用の魔法を行使する必要がある。あまりに面倒なのでヴェランタも放置しようかと悩んでいたそうだが、『これだけ残しておくのも気持ち悪い』とのことで、念のために回収しておくことになったのだ。

気持ちはわからないでもないが、ヴェランタには少々潔癖症の気があるのかもしれない。

竜の宝玉の方はソピア商会が大枚はたいて集めてくれ、専用魔法の方はヴェランタが解析してくれた。後は手の空いていた俺達が乗り込むことになったのだ。

「すごい、すごい！　ここ、凄《すご》くきれい！」

フィリアが嬉《うれ》しそうにそう声を上げつつ、水面に映った自身の顔へと手を振っていた。

「あの、フィリアちゃん……観光地じゃありませんから、ここ……」

ポメラが戸惑った様子でフィリアを止める。

俺は足を止め、剣の柄《つか》へと手を掛けた。

「……二人共、そろそろ来ますよ」

ゴウッと、強い羽音が鳴った。

それと同時に、全長四十メートルはあろうかという巨大な生物が異界の果てより飛来してきて、俺達の前へと着地した。周囲の空間が大きく揺れる。

『我が封印を解いたのは汝《なんじ》らか？』

巨大な眼球が俺達を睨《にら》む。

『何を求めてこの地へ訪れたのかは知らぬが、愚かなものよ。この世界に巣食う忌まわしき他種族共を滅ぼし、聡明《そうめい》なる竜のみが統べる地へと変えるときが来たのだ。我が願い……一万年の時を経ても、何も変わりはしない。門は開かれた……よもや我を止めることなど、何者にもできはしない！』

ドラゴンより強大な思念波が放たれる。

鋭い鉤爪《かぎづめ》に、大きく広がる翼、ゆらりと揺れる二又の尾に、そして強靱《きょうじん》な厚い表皮。その巨軀《きょく》は記憶にあるものよりは多少大きいが、しかし俺は、その姿には見覚えがあった。

ドリグヴェシャ
種族：始祖竜
Lv　：3666
HP　：17045／17045
MP　：9843／9843

そう、フィリアが大好きなドリグヴェシャさんである。こんな物々しいところにオリジナルが眠っていたとは。

『我が滅びの息吹の前に朽ち果てるがいい。しかし、滅びを嘆くことはない。これから永劫に続く竜の栄華、その礎となることなど、下賤《げせん》で矮小《わいしょう》なるニンゲン共にとってはその身に余る栄誉であろう！』

「レベル三千ちょっとかあ……」

低くはない、低くはないのだ。かつてゾロフィリアの神官であったノーツが、最強の生命体としてドリグヴェシャの名を挙げていたことも理解できる。

ただ、ヴェランタからは『まずないとは思うが、もしかしたらレベル六千近い可能性もあり得る』と脅しを掛けられていたため、ちょっと拍子抜けである。それでもロークロア世界の史上で見ても相当上位に入るレベルの持ち主であることは間違いない。しかし、何せこっちはレベルは八千超えのルシファーを相手取ったところであったため、今一つ身が入らない。

もしものときは引き返してルナエールかノブナガ辺りを呼んでくる手筈《てはず》であったが、どうやらその必要もなさそうであった。

「フィリア、はじめて本物みた……！」

フィリアも目を輝かせて大喜びしている。

『……貴様ら、なんだその……偉大なる我が威容を目前にしてその態度は？』

ドリグヴェシャが、殺気立ったように俺を睨む。

「フィリアちゃん、攻撃していいですよ」

このレベルであれば、俺は補助に徹して手数を控え、フィリアの経験値にした方がいいだろう。余裕があればポメラにも攻撃に入ってもらいたい。

「うんっ！」

フィリアが大きく腕を振りあげたのが見えた。

宙に虹色の光が輝き、ドリグヴェシャと同じ姿のドラゴンが浮かび上がった。

『なっ……これは、我……？　なんだこれは!?　何が起きている!?』

「始祖竜、どーん！」

フィリアが腕を振り下ろす。

ドリグヴェシャへと、フィリアのコピーが突撃していった。二体がぶつかり、辺り一帯に地震が起こる。

「オオオオオオオオオオオオオオオ！」

ドリグヴェシャが必死の咆哮《ほうこう》を上げながら、フィリアのコピー体を押さえつける。力はほぼ互角のようであった。

『馬鹿な……我と同等の力だと……！　何が起きている……これは、夢か幻なのか……？』

「ポメラさんも攻撃に加わって、レベルを上げておいてほしいですね。何かあったら俺が守りますから」

「……あのドラゴン、なんだか可哀想《かわいそう》」

俺の言葉にポメラがぽつりとそう零す。

「でも、過去に数回に渡って人類淘汰《とうた》を目論《もくろ》んでいた悪いドラゴンらしいですから。長々とこの空間にいると、ロークロアの方の状況が変わるかもしれませんから、早く終わらせましょう」

——十分後。

魔力も体力も完全に尽きたドリグヴェシャが、俺達の前に黒焦げになって横たわっていた。

「《歪界《わいかい》の呪鏡》の悪魔よりレベルが高くて、かつ単体で厄介な魔法もないので、レベル上げに丁度よかったですね」

俺は剣を鞘《さや》へと戻す。

「ポメラは、何回か死ぬかと思いました……。鏡のレベル上げよりはマシですけど」

ポメラは疲れた様子で息を荒らげていた。

ドリグヴェシャを倒したことでポメラのレベルが１８２４へ、フィリアのレベルが３３５６へと上がっていた。二人共どんどんとレベルが上がってきている。

これで未回収のまま後回しになっていた最後の世界の布石、《古の神域の始祖竜》も無事に撃破できたことになる。

『有り得ぬ……我は、世界を統べる者……そのはず……。それがこのように、あしらわれるなど……』

俺はドリグヴェシャの前に立つ。

「……あなたは確かに強かった。俺がこれまで出会ってきた相手の中でも、多分ギリギリ五本の指に入るくらいのレベルはあったと思います。あなたの敗因はたった一つです」

『この我の敗因だと？　いったい、なんだと言うのだ……？』

「あまりに永く封印されている間、ロークロアのインフレについてこれなくなったことです」

ドリグヴェシャががくりと地面に顔を垂らし、息を引き取った。

その後、周囲一帯が大きく揺れ、空間そのものに大きな亀裂が走る。

「カナタさん、《古の神域》が崩れます！」

ポメラが声を上げる。

俺達はこの空間から脱出することにした。

3

魔物対策で厚い城壁で覆われた《地獄の穴《コキュートス》》の入り口近くに、白い巨大な円柱の建造物ができ上がっていた。直径百メートル、高さは雲の高みにまで達している。

「すごい大きい！」

フィリアが無邪気に喜んでいる。

「……来る度にここの景観が変わっていますね」

こんな芸当ができるのは、流石《さすが》に俺の知っている限りでも一人しかいない。《神の祝福《ギフトスキル》》である《万能錬金》の所有者、《神の見えざる手》の頭目である《世界王ヴェランタ》だろう。

現在、ヴェランタは《神の見えざる手》とその派生組織の指揮と、世界の布石の一つである《地獄の穴《コキュートス》》の監視を同時に行うため、この辺りを拠点としている……ということは聞いていた。

しかし、まさかこんな建造物を拵《こしら》えているとは夢にも思わなかった。

巨大な塔を見上げていると、黄金の門が俺達の目前へ展開された。その中から、先程連想していた仮面の人物、ヴェランタが姿を現す。

「カナタ達か。無事に《古の神域》の布石は破壊できたか？」

「ええ、想定以上の相手ではありませんでしたから、あっさりしたものでしたよ」

「……一応、《始祖竜ドリグヴェシャ》は、この世界でも十の指に入るレベルの所持者なのだがな。まあ、そなたらが無事でよかった。もしカナタに倒れられでもしたら、あの不死者の女を説得した我が八つ裂きにされる。上位存在共に一矢報いるまで、我は死ぬわけにはいかんのでな」

ヴェランタがそう口にして肩を竦《すく》めた。

俺達が《古の神域》に向かうことになった際、ルナエールは自身も同行するべきだと主張していたのだ。ヴェランタはルナエールには別に頼みたいことが山ほどある、それが結局カナタを助けることになるのだと再三説明し、彼女はようやくそれを渋々と了承してくれたのだ。

ウチの師匠は少々心配性のところがある。そこがまた愛らしいのだが。

「あの、この建造物は？」

俺が尋ねると、ヴェランタが軽く頷《うなず》く。

「対上位存在のための要塞だ。そなたらが出発してから用意したのだ。中では我の《万能錬金》のアイテムの保管と管理の他、世界中から集めた戦力のレベルの底上げ等を行っている」

なるほど、いうならば《神の見えざる手》の新しい拠点といったところか。

「我は本気で上位存在共と戦うつもりだ。既にソピア商会の影響力を用いて、ロークロア全世界に上位存在共の実態とその悪事……そして我々《神の見えざる手》が、その先兵としてこれまでロークロアをコントロールしてきたことを告発した」

俺はヴェランタの言葉に息を呑《の》んだ。行動があまりに早い。既にそんなことまで行っていたのか。

「それは前にもしなければならないと言っていましたが、さすがに尚早だったのでは……？」

上位存在の実態をありのままに全世界へ喧伝《けんでん》してしまえば、ロークロアの住民達は箱庭の世界で生きているという事実を受け入れられなくなってしまうだろう。そして上位存在達にとってもロークロアとは、自身らの実態が明確でないことが前提のエンタメコンテンツであったはずだ。

こうなってしまった以上、ロークロアと上位存在の対立は避けられない。ロークロアの住民達は、このまま上位存在の玩具であり続けて、彼らの身勝手のために大災厄を齎される状況を呑み込めるはずがないのだから。

そして上位存在もまた、この状況を野放しにしておくことはできない。ロークロアを放置してなあなあで騒動を誤魔化すという選択は、いよいよ取れなくなったはずだ。これまで以上に苛烈に、大きな干渉による強引な解決を試みてくることが予想される。或《あ》るいは、全てを投げ出して、このロークロアの世界を消去するということだって、有り得ない話ではない。

「ロークロアの寿命を大幅に縮め得る一手でもあります」

「ふ、そなたがそれを口にするか。我々《神の見えざる手》がそなたらに敗北した時点で、元よりロークロアは上位存在と対立する他になかったのだ。世界の布石も回収した……連中の送り込んできた、ルニマンとルシファーも撃退した。決着を付ける以外にこの世界に救済がないことなど、とうに理解していると考えていたのだがな」

それは理解したつもりだったが、こうして改めて完全に退路を断ったと聞けば動揺はある。

しかし、俺は半ば成り行きとはいえど、自身と親しい者達の平穏のため、このロークロアに真実を突きつけることを選んだ身なのだ。そして、そのことに後悔はない。なれば、この期に及んで俺がその自覚を持つことから逃げるわけにはいかない。

俺は呼吸を整えてから、ヴェランタへと視線を戻した。

「……すみません、確かに俺の考えが甘かった。ここまで来てロークロアと上位存在が対立しなくて済む余地を残したいなんて、ただの欺瞞《ぎまん》ですよね」

「いい目だ。我も覚悟は済ませた。この塔はその表れでもある。見よ、地球の神話……神の世界に達するために建てられたバベルの塔を模したのだ」

ヴェランタがそう言い、円柱状の巨塔を振り返って仰ぎ見た。

その言葉に俺は違和感を覚えた。

「地球の神話をご存知なんですね？」

「当然だ。我は元々、地球から来た転移者なのだから。だから転移者しか持たぬ《神の祝福《ギフトスキル》》を有している。我は《万能錬金》で不老を実現しているため、ここに来たのは幾千年前だ。もっとも時空の歪《ゆが》みがあるため、地球で生まれた年代でいえばそなたとそう大きくは変わらんはずだがな」

「なっ……!」

とんでもないカミングアウトが行われた。

「た、ただ、異世界転移者の様子は上位世界よりその様子をエンタメコンテンツとして公開されているはずです。ナイアロトプのような運営連中は、転移者が世界の管理側に接触することなど好まないのでは？　ましてやその頭目を引き受けるなんて……」

「当時はロークロアを盛り上げるための仕掛けと、文明や住民の保護を両立させるためのノウハウがまともになかった。今よりも遥《はる》かに世界の調和が乱れており、常に人類文明は全滅の危機にあった。我は転移者として当時の大魔王を打ち倒したが……それでロークロアが救われるわけでないことを知っていた。だから我は、ナイアロトプと契約したのだ。死を偽装して顔や姿を変えて正体を隠し、ロークロアを内側から管理することをな。それがそもそも《神の見えざる手》の始まりであった」

ヴェランタはぽつぽつと話しながら、自身の仮面を手で押さえた。

この男はロークロアを守りたいがために、上位存在の手先の汚名を背負い、数千年の時を孤独に戦い続けてきたのか。俺はヴェランタのことを少し軽く見ていたかもしれない。

「……まぁ、我のことはよいのだ。《古の神域》の始祖竜討伐、見事であった。これで撃破してどうにかなる類の布石は全て回収し終えたと考えてよいだろう。今はしばし、この塔の中で身を休めるがいい」

「ルナエールさんはどちらに？　心配していただいていたようですから、直接顔を見せに行こうと思います」

「現在はこの塔の地下にいる。重要戦力のレベリングと《ラヴィアモノリス》の解析を並行して行っている最中だ」

俺は《古の神域》へ向かう前に、ルナエールへと《歪界の呪鏡》を返却していた。何に使うのかと思っていたが、どうやら重要戦力のレベリングに用いていたようだ。

「レベリングを……あはは、なるほど……」

自分の顔が引き攣《つ》るのを感じる。

俺は鏡の悪魔との戦闘を強いられている冒険者達を思い浮かべ、彼らへと同情した。ルナエールの修行はなかなか厳しいものがあった。確かに彼女が本気で修行を行えば短期間で世界有数の強者へ仕上げられるだろうが……。

「鬼教官のカナタさんが怯《おび》えてるなんて……あの人、とんでもなく厳しい方なんですね」

ポメラが俺の顔を見てそんなことを言う。俺が鬼教官だという言葉にも疑問が残るが、それよりも後者の方が聞き逃せなかった。

「ルナエールさんは優しい御方《おかた》ですよ。……ただ、その、ちょっと一般人の感覚や限界というか、限度がわかっていないだけで」

「……優しいけれど、人の限界や限度がわかっていない。それを聞いただけで、カナタさんの師匠ということが、ポメラにもよくよく伝わってきました」

「……フィリアも」

何故《なぜ》かポメラとフィリアは身を寄せ合ってぶるりと震え上がり、揃ってそんなことを口にする。

ポメラ達の言いたいことはよくはわからないが、何にせよルナエールと一緒にされたことは喜ばしいことだ。

しかし、重要戦力のレベリングと、《ラヴィアモノリス》の解析……か。

《ラヴィアモノリス》は俺が桃竜郷《とうりゅうきょう》で、竜王リドラから褒美という形でいただいたものだ。


【ラヴィアモノリス】《価値：伝説級》

魔法の本質を見抜く力を有した転移者の少女が、上位存在の使った魔法の解析をし、それを賢者ラヴィアが石板に残したもの。

ただし、賢者ラヴィアもそれらの魔法について正確に理解することはできず、自身が理解できた情報についてもまた正確に記録することはできなかった。

それを行うには、人の寿命ではあまりに短すぎたのだ。

上位存在の魔法について記された、恐らくはロークロア唯一の記録媒体である。上手《うま》く使えば彼らに対する大きな武器になるはずだ。

《ラヴィアモノリス》はロークロア最強の魔術師であるルナエールでさえ、読み解くのにどれだけ時間が掛かるのかわからないといっていた代物である。全体的に人手不足な上に下手に戦力を分散させたくはない状況ではあるが、しかし《ラヴィアモノリス》の解析はルナエールに任せざるを得ないだろう。

「あの不死者がいるのは塔の地下深くだ。我が案内しよう」

「では、お言葉に甘えてお願いします」

ヴェランタが宙へと手を向ける。手の先にいつもの黄金の門が現れる。ヴェランタが扉を潜《くぐ》ったのに続き、俺達も黄金の門の中へと入った。

4

ヴェランタによって塔の最奥部へ空間転移をしてもらえた俺達は、ヴェランタを先頭に通路を歩いていた。

「この先にルナエールさんがいるんですね」

「ああ、現在あの不死者は集まった戦力の中で、信頼ができて伸びしろのある者を四名まで選別し、そなたの持っていた《歪界の呪鏡》を用いてのレベリングを行っている」

そこまで話していたとき、前方より一人の男が駆けてきた。

黒に金の色が交じった、メッシュの髪をした男だった。耳にピアスをしており、巨大な剣を背負っていた。

「《極振り《ダブル》》……素早さモード！」

その外見と見掛けには覚えがあった。異世界転移者の一人、ミツル・イジュウインである。

「どうしてミツルさんがここへ……？」

そのとき、ミツルの背へと、彼を追い掛けてきたボブカットの少女が足を付けた。彼女は懐から鎖を取り出すと、素早くミツルの身体を拘束し、そのまま地面へと押し倒して馬乗りになる。

「うぐっ！　放しやがれ、根暗女！」

「一人だけ逃げるのは許さない……道連れにする」

少女が冷たい眼差《まなざ》しでそう口にした後、俺へと顔を上げた。

「あら……カナタ？」

彼女もまた俺と同じ異世界転移者、《軍神の手《アレスハンド》》のコトネ・タカナシである。確かコトネは、ルシファーが《地獄の穴《コキュートス》》を荒らした際に、ソピア商会の呼びかけでヴェランタの戦力として招集されていた。そのままこの地下階層に残っている、ということは……。

「もしかしてルナエールさんが鍛えている四人って……」

俺の言葉にヴェランタが頷く。

「うむ。そこの《極振り《ダブル》》と《軍神の手《アレスハンド》》は、鍛えれば鍛えるだけの利点がある。短期間でも充分に上位存在に対する重要戦力となるだろう。《軍神の手《アレスハンド》》の如何《いか》なる呪われた装備でも自在に使いこなす力は、我や不死者のコレクションを用いれば一気に戦闘能力を強化できる。《極振り《ダブル》》も限定条件下で、レベルの倍に匹敵する能力を引き出せるというのが面白い。上手く使えば、上位存在連中に一泡吹かせることのできるポテンシャルを秘めている」

ヴェランタが嬉々《きき》として語る。

「とはいえ《極振り《ダブル》》の奇襲は能力面が不安定になるため、上手く行けば強力な武器になるが、一つ間違えば簡単に対応されるリスクもある。今我が考えているのは、レベルを限界まで上げた後に攻撃力を引き上げさせて、砲台のようなもので高速で打ち出して運用するという方法であるな。本人の理解さえ得られれば、恐らくこれが一番パフォーマンスを発揮できる」

さらっとヴェランタがとんでもない計画を口走る。

「助けてくれ、カナタ！　こいつら、あまりに容赦がねぇ！　このままじゃ殺される！」

あのプライドの高いミツルが、地面に身体を押し付けられた体勢のまま、必死に俺へと手を伸ばしてきた。

「すみません……でも、あの、これ、世界懸かってますから……」

「カナタ、来ていたのですね！」

通路の奥から、ルナエールとノーブルミミック……そして疲れ果ててげっそりした様子の、ロズモンドが姿を現した。どうやら三人目はロズモンドだったらしい。

「怪我《けが》はありませんでしたか？　布石の方はどうでした？」

「無事に始祖竜の討伐を終えました。これで解決すべき布石は全て片付いたはずです」

「そうでしたか……それはよかったです」

ルナエールは安堵《あんど》したように息を吐いた。

「後は引き続き《大竜穴》のような破壊できない布石の守護を維持しつつ、上位存在の出方を窺《うかが》いながらの重要戦力のレベル上げの続行ですが……」

俺は言いながら、ちらりとロズモンドへ目を向けた。

「えっと……大丈夫ですか、ロズモンドさん？」

ロズモンドもミツルもコトネも、三人揃って目に生気がない。

「……大丈夫、か。霊薬を過剰摂取させられ、鏡の悪魔と戦い続けさせられることを大丈夫と呼ぶのであれば、そうなのであろうな」

「うわぁ……」

俺のすぐ隣で、ポメラが同情したように声を漏らす。

しかし、ミツルにコトネ、そしてロズモンド、か。下手な人間のレベル上げを行って、上位存在側につかれたり、暴走を起こされては本末転倒である。人格面においてもコトネとロズモンドであれば確かに信頼はできるだろう。

ミツルはやや怪しいが……少々性格に難こそあれど、まあ悪い人間ではないのだろうとは俺も思う。

「ルナエールさんが鍛えている人間は四人いると聞いていましたが、四人目は……」

「カナタのご親友の方ですよ」

ルナエールがそう返す。

俺の、親友……？　この世界に来てから、別にさして交友関係が広かったわけではないのだが、親友とはいったい誰のことだろうか？

相手には悪いのだが、正直、心当たりがパッと出てこない。

そのとき、また通路の奥より、新しい足音が響く。

「泣き言を漏らして恥も外聞もなく逃げ出すとはな。ミツル・イジュウイン。この俺が一度は認めてやった男だったが、所詮はその程度の器ということか。世界の命運を担える人物ではなかった、か」

声の方へ目を向ければ、黒い外套《がいとう》に身を包む、長身の男が立っていた。

「俺はむしろ満たされている。今の俺には、何の不安も恐怖もない。この世界の在り方と己の使命を知り、まるで透き通った湖のような心持ちだ。手を伸ばすことさえ考えもしなかった天上の高みに、我が身が近づいていくのを感じる。この戦いのために俺は生まれ落ちたのだと確信している」

目を瞑《つぶ》りこちらに優雅に歩んでくる人物は、黒の死神ロヴィスであった。この間、ポロロックにてグリードの豪邸で鉢合わせしたときのことが頭に過《よぎ》った。

俺の親友……？

「え、まさかこの人が四人目ですか……？」

俺の声を耳にしたロヴィスが目を見開き、素早く膝を折って地面に頭を付けた。

「おおっ、お久し振りでございますカナタ様！　まさか、このようなところでお会いできるとは！　現在俺は、ルナエール様の弟子として、精進しているところでして……！」

「……ルナエール様の、弟子？」

つい、声に不機嫌さが漏れ出てしまった。ルナエールとの師弟関係は俺の中で大事な想《おも》い出《で》である。確かに今のルナエールと彼らの関係もまた師弟と表現するのが適しているのだろうが、なんとなく自分の大事な居場所を奪われたような気がしてしまったのだ。

「す、すみません！　俺如きがかの御方の弟子など、烏滸《おこ》がましかったですよね！」

ロヴィスが顔を真っ青にして俺を見上げる。

「……ああ、いえ、別にそういうわけでは」

「何の不安も恐怖もなかったんじゃねえのかよ。全身ガクガクじゃねえか」

立ち上がったばかりのミツルが、ロヴィスを目にしてそう毒づいた。

5

ポメラとフィリアが、ムスッとした表情でロヴィスの前に立って並ぶ。

「な、なんでしょうか、お二方……？」

ロヴィスが引き攣った作り笑いを携えて、彼女達へと尋ねる。

ポメラはロヴィスから視線を外し、俺を追及するように見る。

「……あの、カナタさん、この人、本当にお知り合いなんですか？　黒の死神ロヴィスは、盗賊団によるマナラークの襲撃事件に加担していた賞金首なんですよ？」

ロヴィスはそんなこともやっていたのか……。そのことについては初耳であった。

「いえ、知り合いではありますが、別に取り立てて深い仲では……」

「あ、ああ！　マナラークでの一件では、聖女ポメラ様にとんだご無礼を……！　しかし、あの事件には、深い訳があったのです！　俺はあの盗賊団……《血の盃《さかずき》》を探るため、連中に協力した振りをして信頼を得ようとしており……！」

ロヴィスが青い顔色のまま、ポメラへと媚《こ》びるような笑みを向ける。

「カナタ。あのね、フィリアもこのお兄さん、悪い人だと思うの」

フィリアもまたロヴィスへと冷たい視線をぶつけ、悪事を密告するように彼へと指を差していた。

「な、なかなか手厳しいお嬢さんだ。カ、カナタ様、もも、もしお邪魔でしたら、俺はここから去りましょうか……？」

ロヴィスは滝のような汗を顔面から流しつつ、俺へとそう口にする。

ロヴィスが先に口にしていた、この戦いが自身の生まれ落ちた理由であると確信しているとはなんだったのか。

「そう邪険にしてやるな。死神ロヴィス……少々信頼しかねる点はあるが、戦闘技術については天賦の才がある。我も一万年近い時を生きてきたが、これ程までの白兵戦の才覚は初めて見る。鍛えるだけの価値がこの男にはあると判断した」

ヴェランタが口を挟む。

「それに《歪界の呪鏡》の悪魔にほとんど動じないのも彼だけですから、彼はこのレベル上げに適しています。さすがカナタが見込んだ方というだけはあります。ただ、その……」

ルナエールは深く頷いた後、顔を赤くして身を捩《よじ》らせ、言葉を濁した。

「あの……カナタがこの方を信頼していたということはよくわかりました。ただ、その……あ、あまり、私のことを言いふらすというのは、歓迎できませんね。私にだって、その……恥じらいというものが、ありますから」

「……すみません、何の話ですか？」

俺はルナエールの言っている意味がよくわからず、すぐに聞き返した。

「……白を切って、私の口から言わせようというつもりですか、カナタは。マナラークでロヴィスと初めて会った際に、彼から聞きましたよ。その……わ、私のことを愛しているだとか、そのようなことを彼へと好き勝手に吹聴《ふいちょう》していたと。ま、全く……それを聞いたとき、私がどれだけ恥ずかしかったか……顔から火が出る想いでした」

相変わらずルナエールは、もじもじとした様子でそう続ける。しかし俺の方は、相変わらず全く心当たりがなかった。いったいルナエールはさっきから何の話をしているんだ？

ふと横へ目を向けると、ロヴィスがそうっと立ち上がり、ルナエールから距離を取ったところであった。

「もう、そのようなことは止《や》めてくださいね。……嬉しくなかったかといえば嘘《うそ》になりますが、えっと、そんな話がしたいわけではなくて、私はただ……」

ルナエールが、その綺麗《きれい》な白い髪の先を、手で落ち着きなく弄《いじ》くり始める。

「あの……別に俺、ロヴィスさんとそんな話をしたこと、ありませんよ……？」

「えっ」

ルナエールは俺の言葉を聞き、何が起こったかわからないといった表情で硬直した。

「そもそも何度か顔を合わせたことはありますが、別にロヴィスさんと何か交友関係にあったということはありません。あの、ルナエールさんは何か勘違いをしているのでは……？」

「そっ、そんな、わ、私、えっと、で、でも……！」

ルナエールの顔が見る見るうちに真っ赤になっていく。表情にはあからさまな困惑の色があり、彼女の綺麗なオッドアイにぐるぐるの渦巻きが浮いているのが見えるかのようだった。

「カ、カナタ、えっと、照れ隠し……ですよね？　そうでなければ私は、とんでもなく恥ずかしい、自意識過剰の愚か者となってしまいます。あの、ロヴィス……」

「《短距離転移《ショートゲート》》！」

ロヴィスの姿が魔法陣に包まれ、その場から消えた。離れたところに現れたかと思えば、一直線に走って逃げていく。その顔は必死の形相であった。

俺はなんとなくだが事情を察した。恐らくマナラークの騒動で盗賊団に加担していたロヴィスは、たまたまその場に訪れていたルナエールと対立し、咄嗟《とっさ》に俺の知人を装うことで難を逃れたのだろう。

追い詰められたロヴィスが、おべっかや平謝り、大胆な嘘でその場を切り抜けようとするのは、俺も何度か経験している。

顔を真っ赤にしたルナエールが地面を蹴ってロヴィスを追う。それだけで反動で床が罅割《ひびわ》れ、通路の一帯が大きく揺れた。ルナエールから逃げ切れるはずもなく、ロヴィスは瞬時に首根っこを摑《つか》まれ、通路の床を引き摺《ず》られる形になった。

「ぶふぁっ！」

「わっ、わわわ、私によくも、カナタに対して恥を搔《か》かせてくれましたね！　そもそもっ、ああ、あなたっ！　最初からカナタの友人でさえなかったなんて！　私はあんな馬鹿げた虚言に騙《だま》されてのぼせ上がって、こんな下劣な男を見逃してしまっていただなんて！」

ルナエールの手許《てもと》に魔法陣が展開され、濃密な圧縮された黒い光が宿っていく。

「あなたのような悪党は、この場で粒子単位に分解して消し去ってあげます！」

ヴェランタが素早く、いつもの黄金門でルナエールの許へと転移する。

「落ち着くのだ不死者よ！　その男は重要な戦力だ！」

「邪魔しないでください！」

「ごふっ！」

ルナエールが後方へ振るった手に、容易《たやす》くヴェランタが吹き飛ばされる。

俺はその隙に、ルナエールの両腕を背後から押さえた。

「お、落ち着いてください！　何があったかは知りませんが、こんな男でも重要戦力だそうですから！」

「放してくださいカナタ！　この男を見過ごすわけにはいきません！」

振り返ったルナエールは、気恥ずかしさのためか顔が真っ赤になり、目には涙が浮かんでいた。

「落ち着いてくださいルナエールさん！　愛してますから！　愛してますから！　だから一旦落ち着いてください！」

俺は必死にルナエールを宥《なだ》め続けた。

6

ロヴィスに騙されていたことを知って危うく彼を殺《あや》める一歩手前までいったルナエールだったが、どうにか落ち着かせることに成功した。

「すみません、少々取り乱してしまいました……」

「い、いえ」

「少々ダッタカ？」

ノーブルミミックが茶々を入れる。俺は箱の側面を軽く肘で小突いた。

「ヴェランタの手助けもありましたし、カナタのレベルを上げた経験も私にはありますからね。現時点で、四人共レベルを千前後まで引き上げることに成功しました。特にコトネとミツルの二人は、レベル以上の働きをしてくれるはずだと考えています」

一転して冷静にルナエールはそう語る。ただ、まだ仄《ほの》かに頬は赤く、本当に落ち着いたというよりは、これ以上醜態は晒《さら》せないと必死に自制しているだけなのかもしれない。

元々ロヴィスを修行メンバーに入れたのは俺の知人であったため信頼できるということが大きな判断材料となったそうだが、正直彼をこれ以上ここに置いておいて本当にいいものなのだろうか。もっとも中途半端にレベルを上げてしまったため、今から外してタイムロスを背負うデメリットの方が大きいかもしれないが……。

「カナタの持ってきた、上位存在の魔法を記した《ラヴィアモノリス》ですが……正直、解析の目途は立っていません。予想以上に複雑かつ高度なものだったようです。何より、もし解析ができても魔力不足でまともに行使はできない可能性が高いと考えています」

ルナエールが、やや気落ちした様子で俺へと告げる。

……元々、詳細不明の魔法である。上位存在の魔法を理解すれば何かに使えるのではないかと期待していたが、利用するのは難しいかもしれない。残念ではあるが、これ以上解析に躍起になってもらう必要性も薄いのかもしれない。

「手掛かりになるかもしれないと思っていたのですが……難しそうですね」

「私はひとまず、彼らの修行を任されていますから。並行しての解析自体は難しくありません。意外な形で役に立つかもしれませんから、もう少し調べてみます」

ルナエールがそう言うのであれば、継続して調査しておいてもらった方がいいのだろうか。

「まあ、今は上位存在が動くのを待つしかできませんもんね」

俺は言いながら、ヴェランタへと確認を取るため振り返った。ヴェランタが小さく頷く。

「カナタよ。上位存在の尖兵《せんぺい》……ルニマンは、自分のような存在が三人いると、そう口にしていたのだったな？」

「……はい」

ルニマンは最期にこう口にしていた。

『ロークロアに、呪いあれ！　願わくば、他の御二方《おふたかた》が世界を滅ぼしてくださるよう、祈っております よ……！』

ルニマン、ルシファーに並ぶ、最後の奥の手をナイアロトプは持っているはずだ。前の二人が恐ろしい人格破綻者であったため、最後の一人もきっとロクな人物ではないはずだ。

ルニマンもルシファーも、ロークロアを破壊しようとした大罪で、数千年に渡って異次元へ幽閉されていたようだった。三人目もきっと同様の大罪人なのだろう。

「この世界に残された布石は全て回収するか、保管済みだ。上位存在はその三人目とやらを我々に直接ぶつけて、それで一連の騒動の幕引きにしようと画策するだろう。その三人目が来るまで、我々にできることは……」

そのとき、空間に小さな歪《ひず》みが生じたかと思えば、小さな鳥の玩具のようなものが現れた。頭部には、ヴェランタのものに似た仮面が付けられている。

「むっ……我の《からくり鳥》であるな。各地から情報を集める手段として放っていたもので、予想外の事態を察知すれば我に報告してくれるようになっている」

ヴェランタが腕を伸ばせば、《からくり鳥》がそこへと留まった。

これも《万能錬金》で造ったものだろうか。

「本当にその《神の祝福《ギフトスキル》》、万能ですね……。俺が直接ぶつかる前にルナエールさんが蹴散らしてくれてよかったです」

「とはいえ、我のレベルはさして高くない。我自身がそなたとぶつかっても、逃げるのがせいぜいだったであろう。だが、ゼロであれば、そなた相手に後れを取ることは決してなかったはずだ」

ヴェランタがやや恨みがましげにルナエールへ目を向ける。どうにもヴェランタは、ゼロに絶対の信頼を寄せていたらしい。その肝心のゼロは、ルナエールとの戦いで開幕と同時にダッシュで逃げようとして、無事に彼女に捕捉されて瞬殺されたと聞いているが。

パクパクと《からくり鳥》が口を開く。

「《世界樹》ノ守護ニ当タッテイタ《沈黙の虚無ゼロ》ガ、襲撃者ニ敗北シタ」

「なっ！」

ヴェランタが大きく仰《の》け反《ぞ》った。

「全然駄目じゃないですかゼロさん！」

俺は思わずヴェランタに食って掛かった。

「そ、そんなはずは……しかし……うぐ……」

ヴェランタが呻《うめ》き声《ごえ》を上げて頭を抱える。

《世界樹》はこのロークロアの根幹に関わっているため、安易に破壊することもできなかった布石の一つである。精霊界を守る役割を担っている巨大な樹だそうだ。

上位存在が《世界樹》を利用して悪さをしないようにゼロが守護に当たっていたわけだが、どうやらあっさり突破されてしまったらしい。

ゼロは《神の見えざる手》の中でも最も高いレベルを有し、死霊魔法や空間魔法、結界魔法の世界最高峰の達人であるという。彼が敗北した以上、相手は先に話に出ていた例の三人目だと考えるべきだろう。

「……あの、ポメラ思ったんですけど、始祖竜の討伐に時間掛けたり、悠長に修行やってる余裕があるのなら、《世界樹》の守護を強化するべきだったんじゃないですか……？」

「う、うぐ……」

ポメラの残酷な呟《つぶや》きに、ヴェランタがびくりと肩を上下させた。

「し、始祖竜が想定上に力を付けている可能性もありましたから！　ポメラさん、それは結果論ですよ、結果論！」

見ていて憐《あわ》れになったので、フォローを入れた。

第一、ヴェランタがここに拠点を構えているのは、《地獄の穴《コキュートス》》襲撃に対する牽制《けんせい》でもある。それに《世界樹》と同程度の重要度を持つ、安易に破壊できない布石は複数存在する。結果的に失策とはなったかもしれないが、上位存在はこちらの手札を確認してから次の手を打てる。多少の裏目は織り込んでいくしかないだろう。

そもそもがヴェランタの指示を受け入れて動いていたのは俺達である。ここでヴェランタを責めるべきではない。

「あの……《からくり鳥》さん、《世界樹》の被害は？」

俺が尋ねると、《からくり鳥》はパクパクと口を開く。

「《世界樹》ノ被害……無シ。襲撃者ハ既ニ精霊界ヲ去ッタ」

「あれ……?」

《世界樹》を利用して何かしらの戦力の準備に利用したり、世界に被害を齎すことが目的ではなかったのか?

相手が何のつもりかはわからないが、ひとまず《世界樹》は無事なようであった。

「……《からくり鳥》よ、ゼロはどうなった?」

ヴェランタが恐る恐るといったふうに尋ねる。また《からくり鳥》が口を開く。

「襲撃者ハ《世界樹》ニテ《沈黙の虚無ゼロ》ヲ撃破シタ後、ソノ身体ヲ確保シテ精霊界ヨリ脱出シタ」

《からくり鳥》の言葉を聞いて、俺は首を傾《かし》げた。言葉通りであれば、最初から襲撃者の狙いは《世界樹》ではなくゼロにあったようだ。

「な、なんだと!? ゼロを誘拐した!?」

ヴェランタが取り乱したらしく、大声でそう叫んだ。

「ヴェランタさん、落ち着いてください。心配なのはわかりますが、ゼロさんはまだ生きている。《世界樹》も奪われていない……最悪の状況ではないはずです」

「……そうではない、そうではないのだ」

ヴェランタが頭を押さえて首を振る。

「何が違うんですか？」

「ゼロは……我が最悪の場合に備えて造った、錬金生命体《ホムンクルス》なのだ」

なるほど、ゼロの出自が不明だったが、ヴェランタの《万能錬金》で生み出した錬金生命体《ホムンクルス》であったらしい。

「初耳ですが……それがどうしたというんですか？」

「我が世界の調整役となった際に、処分に困ったものがあった。制御不可能な災いや呪い、正体不明の力の塊……《地獄の穴《コキュートス》》とはまた別に、そういったものを葬り去るための受け皿が必要となった。我は魔法で造った特異空間に、そうしたものを押し込めて封印することにしたのだ。しかし、その封印空間自体を処分することはできんかった。悩んだ末に我は、この封印自体に自己防衛のための人格を与えればよいのではないかと、そう思い至った」

「もしかして……」

「ああ、そうだ。ロークロアに存在してはならない不条理な概念の蠱毒《こどく》……それそのものが《沈黙の虚無ゼロ》である。万が一ゼロの力が悪用されれば、この世界が消し飛ばされたとしても不思議ではない」

それを聞いて、俺も血の気が引いていくのを感じた。思わずヴェランタの襟首を摑む。

「そそ、それって、明らかに《大竜穴》や《地獄の穴《コキュートス》》、《世界樹》以上に重大な布石じゃないですか！　なんでゼロをお使い感覚でその辺にほっぽり出してたんですか！」

「ゼ、ゼロが敗れることはないと考えていたのだ！　仮にゼロが敗れるのであれば、そのときは我々に対抗策はないと……」

「ルナエールさんに一回ボロ負けしてるじゃないですか！　ヴェランタさんにゼロさんを守り切れる自信がなくても、絶対ルナエールさんのいるこっちの塔に置いておくべきでしたよね!?　始祖竜だとかいう、ちょっと長生きしただけの爬虫《はちゅうるい》類追ってる場合じゃなかったじゃないですか！」

「し、しかし、仮にゼロが拘束されたとしても、ゼロの封印を解いて悪用することなどできんはずだ！　ゼロの力を封印する鎖は、我でも数年で外しきれるものではない！」

「……でも、お相手は封印を解いて悪用する自信があったからこそ、わざわざノーガードになった《世界樹》を放置してゼロさんを誘拐したわけですよね？」

「………………」

　ヴェランタが沈黙した。元々彼自身も、その可能性にはとっくに思い至ってはいたのだろう。そもそも《世界樹》が荒らされなかったと聞いて、ゼロ自身が敵の目的であった可能性に気が付いたのはヴェランタなのだ。

「お、落ち着いてくださいカナタさん！　それ以上絞めたら、ヴェランタさん死んじゃいますから！　結果論ですよ、結果論！　ゼロさんより強くて、かつヴェランタさんより遥かに魔法に精通した人間が襲撃してくるかどうかなんて、わざわざ想定していられませんよ！　ヴェランタさんに采配をお任せしたのは、ポメラ達なわけですし……！」

ポメラが俺の腕を押さえる。

「でも、最悪を想定して動くべきだったんじゃないかなと思います。すぐに誘拐された可能性に思い至るくらいなら、ゼロさんはいくら強くても戦力ではなく保護対象にするべきでした」

「……まぁ、はい、それは」

「上位存在に正面から喧嘩《けんか》を売った以上、今更慎重になっても仕方がないと、少し気が大きくなり過ぎていたかもしれぬ。すまなかった……ゼロの配置は我のミスだ」

ヴェランタが首許を押さえて咳《せ》き込みながら、そう言った。

「ただ、我から言うのは烏滸がましいと理解しているが、こうなった以上、もはや内輪《うちわ》揉《も》めしている猶予はない。襲撃者を捜し出して撃破し、ゼロを奪還する必要がある。その後であればあらゆる誹《そし》りも受けよう」

……ひとまず、朧《おぼろ》げながらにナイアロトプの最後の刺客の輪郭が見えてきた。少なくともゼロを圧倒でき、ゼロの力を悪用できるだけの魔法の知識を有している相手のようだ。そしてそいつは、ゼロの力を利用して、この世界への攻撃を企てている。

「しかし、捜索するにしても戦力を分散することになる。面倒ですね。相手の居場所に手掛かりがあればいいのですが……」

俺の言葉に応じてか、また《からくり鳥》が口を開く。

「襲撃者ヨリ、伝言アリ。王都ニテ、カナタ・カンバラ殿ヲ、オ待チスル……ト」

「……余裕ですね。せっかく武器を手にしたのに、わざわざ自ら居場所を明かすなんて」

どうやら《からくり鳥》が無事に情報を持ち帰れたのは、襲撃者より見逃されていたからであったようだ。しっかり捕まって、伝言まで残されている。

「上位存在の狙いは、あくまでカナタというわけだな。何にせよ、相手の余裕がありがたい。存分に戦力を一ヵ所に投入できる。何かしらの罠《わな》の可能性はあるが、それでも向かわないという選択はあるまい」

7　―ナイアロトプ―

「主様……最後の《久遠の咎人》である、《破滅のゾラス》をロークロアへと送りました」

上次元界にて、ナイアロトプは上司であるロークロアの最高責任者に対して交信による連絡を行っていた。

「……ただ、ゾラスは此度《こたび》の騒動が終われば、下位神の末席に加えろなどと、ふざけたことを申しておりましたがね」

「厄介なことを申してくれたものだ。しかし、それでロークロア騒動が無事に終わるのならば仕方がない、か。ゾラスめ……もし下位神に引き上げられたとしても、私に命を握られたままの状態に変わりはないと知っているだろうに、よくそんなことを願ったものだ。上手く立ち回って、我々を出し抜こうという算段なのだろうがね。まあ後のことは後で解決すればいい。信用のおけない下位神が入り込んだとしても、こちらで幾らでも建前を用意して処分できる」

上位神が鼻で笑う。

「そんなことより……あの御方の満足のいくシナリオは書けたのだろうな？」

「はい、勿論《もちろん》ですとも」

ナイアロトプはそこで口端を吊《つ》り上げ、笑みを浮かべた。ゾラスには一本取られて面倒な契約を結ばされる形にこそなったが、ロークロアのシナリオに抜かりはない。ロークロアに注目している最高神あの御方にも満足してもらえる自信があった。

「ゾラスは手筈通りに《沈黙の虚無ゼロ》を捕えて、カナタを王都へと誘い出したようです。史上最強の魔法王ゾラスと、神に楯突《たてつ》いた異世界転移者カナタの、世界を懸けた戦いの幕開けです。ネームバリューのある異世界転移者やモブ達もかき集めてくれるようです。これであの御方以外の上位神の方々にも喜んでいただける幕引きになることかと」

「ふむ、それは悪くない筋書きだ」

「そしてゾラスが勝利した後……《沈黙の虚無ゼロ》を利用して発動した呪いが、ロークロアの世界全土を蝕《むしば》み、あらゆる生き物の命を奪うでしょう。そのまま自然な流れでロークロアの運営終了へと持っていける算段です」

ナイアロトプがニヤリと笑った。

　現在、ロークロア運営は二つの問題を抱えていた。カナタとナイアロトプの戦いに決着を付けること……そしてそれを終えた後に、ロークロアの世界を終了させることである。

　異世界一つの運営はリソースが馬鹿にならないため、利益回収の見込みのなくなった世界は早急に畳まなければならない。

　ロークロアはカナタを処分するために、派手な運営介入を行い過ぎた。元々ロークロアは上位存在の介入を抑え、リアルな異世界転移者達の冒険や人生をコンテンツにするというコンセプトであったのだ。もう元のコンセプトに軌道修正しても、神々達は『ロークロアは何か問題があれば際限なく神々が干渉する』ことを知っている。そしてこの世界でのレベル数千のやり取りを散々目にしている以上、レベル数百程度の転移者が活躍したとしても地味な戦いにしかならない。

　あの御方のお気に入りのカナタの処分さえ終われば、ロークロアはすぐにでも畳む必要がある。しかし、それが雑な畳み方であれば、ロークロアの運営元のブランドに大きく関わる。なるべくリソースを抑え、かつ自然にロークロアを終わらせる必要があるのだ。

　であれば『カナタを処分するために送った刺客がそのままロークロアを終わらせた』というのが一番丸い筋書きであった。

「しかし……リスクケアは十全か？　万が一にもゾラスが敗れた場合、我々ロークロア運営は完全に打つ手がなくなる」

上位神がナイアロトプへ問う。

もしこれでカナタがゾラスに勝利すれば、ナイアロトプはどうすることもできなくなる。ロークロアに介入する手段を完全に失う上に、あの御方が見ている手前、理由を付けてロークロアごとカナタを消去して終わりにする、などというつまらない決着を付けるわけにもいかなくなる。

しかし、だからといって放置するわけにもいかない。赤字を出し続けながら運営できる程異世界は甘くはないのだ。

そうなった場合、介入も、消去も、続行もできない、完全な八方塞がりの出来上がりとなってしまう。絶対に避けなければならない事態であった。

「ええ、問題ありません。既にゾラスはゼロの封印を解き、この世界を呪いに沈める準備を整えている。仮にゾラスが敗れたとしても、あの呪いは止まりはしません。癪《しゃく》ですが、ゾラス自身からも意見をもらいました。あの不死者ルナエールにも、一度動き出したゼロの呪いを止めることはできませんよ。少々強引な流れになるためあくまで次善の策ですが……戦いには勝ったが、呪いを解くことはできなかった……というバッドエンドを用意しております」

ナイアロトプは自信満々にそう告げた。

「二段構えというわけか」

上位神もナイアロトプの筋書きに満足した様子であった。

今回のシナリオはあの御方を納得させるために最後の戦いを演出しつつ、本命は呪いによってカナタ諸共《もろとも》ロークロアを消し飛ばすことにある。これまで辛酸を嘗《な》めさせられ続けてきたナイアロトプであったが、今回は周到であった。

ナイアロトプが手を掲げると、カナタの現在の様子が浮かび上がった。ゾラスからの伝言を聞き、ヴェランタの力を用いて王都へと転移するところであるようだった。

「さぁ、ラストゲームと行こうじゃないか、カンバラ・カナタ！　もっとも、どっちに転ぼうとも、お前に残された未来は世界諸共の破滅だがな！」

8

俺達はヴェランタの黄金門を潜り抜ける。その先には、広大な発展した都市があった。

複雑で巨大な建造物がずらりと並んでおり、なかなかの壮観だった。舗装された街道には、人の群れや馬車が行き交っている。

今までこのロークロアで見た中でも、掛け値なしに最も発展した街だといえるだろう。都市の中央には、栄華を象徴するかのような威容を放つ、巨大な城があった。

「ここが王都……」

そして、これから戦禍に呑まれるかもしれない場所である。王都の喧騒《けんそう》は、これから起こるであろう災禍を全く予期させないものであり、その不釣り合いさが俺をますます不安へと駆り立てた。

「来たのは初めてか、カナタ？　こんなときでもなければ、ゆっくりと観光を嗜《たしな》んでもらいたかったのだがな」

ヴェランタが俺へと声を掛けてくる。その声に振り返れば、背後から遅れて他の面子《メンツ》がやってくるところであった。

《歪界の呪鏡》でレベル千前後まで上がった、コトネにミツル、ロズモンドにロヴィス……。そしてヴェランタにポメラ、フィリア、それになにより今回はルナエールとノーブルミミックもついている。

面子を見回し、俺は少し落ち着きを取り戻した。大丈夫だ。これだけのメンバーが揃っているのだから、不可能などあるはずがない。

ゼロの力が悪用される前に最後のナイアロトプの刺客を討伐する。それでナイアロトプは、ロークロアへ干渉するための武器を失うことになる。これが最後の戦いになるかもしれない。

「どうしますか、ヴェランタ。今はナイアロトプの刺客の影響はありませんが……」

「手分けして奴《やつ》を捜索する他あるまい」

俺の言葉にヴェランタが答える。

「見つけてからは、王都の住民の避難誘導と、敵対者の討伐……そして、ゼロの奪還を同時に行う必要がある。避難先には我の塔が使える上、我の力を用いればここから塔内への直接転移も容易い。説得は後回しだな。抵抗されても、強引につれていく他ない」

ヴェランタがそこまで口にしたとき、王城を中心に、巨大な魔法陣が展開された。魔法陣は複雑な構造をしており、禍々《まがまが》しい色を放っていた。

間違いない、ナイアロトプの刺客が動き始めたのだ。ただ、俺達が来たと同時に事を起こすなど、あまりにタイミングが良すぎる。

「待たれていたようだな。随分とお行儀のいい奴らしい。こちらから捜す手間と、王都の民を説得する手間が省けたというわけか」

ヴェランタは皮肉を零すと、舌打ちを鳴らす。

魔法陣の光は色を変えていき、やがて多色の混ざる淀《よど》んだ不気味な虹色へと変わる。光が歪んで形を変えて、巨大な、細長い姿の竜へと変わる。竜は次々に生み出され、あっという間にその数は二桁にも上っていた。

竜の輪郭は崩れており、十を超える目玉を持つ個体や、いくつもの大きな口を持つ個体と、それぞれの姿はバラバラであった。その出鱈目《でたらめ》な姿は《歪界の呪鏡》の悪魔を俺に連想させる。

「ヴェグオオオオオオオ！」

歪《いびつ》な竜の悍《おぞ》ましい咆哮が王都に響く。あっという間に王都は人々の悲鳴と怒号に埋め尽くされていった。

俺は竜のレベルの確認を試みた。

種族：カオスドラゴン
Lv　：２２８４
ＨＰ　：１３９３２／１３９３２
ＭＰ　：１０２７８／１０２７８

カオスドラゴン……初めて見る名前だ。しかし、それ以上に気掛かりなのは、そのレベルである。

《歪界の呪鏡》には劣るが、こんなレベルの魔物を量産できるなど、規格外にも程がある。

「カオスドラゴン……レベル二千台と出ています」

俺が伝えると、一同が息を呑むのがわかった。これだけのレベルの魔物がこんなにうじゃうじゃ出てくるなど、表の世界ではあり得なかったことだ。

「……《歪界の呪鏡》の悪魔に似ていますね。容姿だけではなく、性質も」

俺の言葉に応えるように、ルナエールがそう零した。

《歪界の呪鏡》は、いわば次元の歪みへと繋《つな》がる門である。ロークロアの世界といっていいのかどうかも不確かなあの場所では、恐ろしい力を持った悪魔達が、何の意味も持たぬまま生み出されては消えていく。

「もしかして、同じ原理だと……？」

「根源的な部分ではそうかもしれませんね。何にせよ、ただの手品で出せるものではありません。恐らく、ゼロに封じられた、綯《な》い交《ま》ぜにされた呪いの一端を、あのように竜の形で顕在させていると考えるのが妥当でしょうね」

それはつまり、ヴェランタが絶対に解かれるはずはないと豪語していたゼロの封印が、既に解除されつつあることを示している。

俺とルナエールは同時にヴェランタへと目を向けた。ヴェランタは居心地悪そうに仮面を手で押さえ、小さく首を振った。

「……我は黄金門を用いての住民避難に当たる。ルナエールの修行を受けていた四人は、あの忌まわしきドラゴンの討伐に当たってくれ。カナタ達には……ゼロの奪還と、主犯の撃破を頼めるか？」

「そうする他ありませんね」

ナイアロトプの狙いは、一貫して俺のはずだ。俺が出ていけば、主犯も快く戦いに応じてくれるだろう。主犯を撃破した後であれば、ドラゴン発生装置と化したゼロを止める手立ても何か見つかるはずだ。

「チッ、わざわざこんなもんに付き合わされて、結局ただの露払いかよ」

ミツルが剣を抜き、天のカオスドラゴンを睨む。

「それが嫌ならルナエール様らと共に王城を攻めるがいい。吠《ほ》えるだけなら犬でもできる。もっとも、キミの力量では、そちらを選ぼうとも犬死だろうがな。勇気とは、己の力量を正確に見極め、その上で前へ進む意志のことだ。ただの無謀とは異なる」

ロヴィスがミツルの威勢のいい言葉を鼻で笑った。そのロヴィスへと、ルナエールが冷たい眼差しを向ける。

「別に私は、あなたが私にカナタに対して恥を掻かせてくれたことを、許容してはいませんからね」

「も、勿論、存じております！」

ロヴィスがその場で素早く膝をついた。

そのとき、宙のカオスドラゴンがこちらを見下ろしているのが目に付いた。

「ヴェォオオオオオオッ！」

俺は宙へと剣を向け、魔法陣を紡ぐ。

「炎魔法第二十階位《赤き竜》《アポカリプス》」

赤黒い炎の竜が魔法陣を潜るように生じた。激しい業火の竜がカオスドラゴンと衝突する。宙で大きな爆炎が巻き起こる。

「ギィイイイイ……！」

頭部の吹き飛んだカオスドラゴンが、炎に包まれながら空を飛んで逃げていく。カオスドラゴンはしばらく火達磨《ひだるま》のまま飛行しており、炎の中で損壊した肉体の再生を行っていたが、ついに力尽きたようで空中で朽ち果てていった。

「……かなりタフですね」

レベル二千程度であれば《赤き竜《アポカリプス》》で瞬殺できる自信があったのだが、下手したら一発程度であれば耐えかねない様子であった。レベル以上に頑強で再生能力にも長《た》けているタイプだ。

「茶番に興じている猶予はない……か。カナタ達は、真《ま》っ直《す》ぐ王城へ急げ」

「ただ、残りの面子でカオスドラゴンの群れとまともに戦えるか……」

「どちらにせよ、大元を速攻で叩《たた》かねば後がない！　行け！　ドラゴン共は、我々がどうにかする！」

ヴェランタの言葉に、俺は小さく頷きを返し、王城へと駆け出した。俺の後に続き、ポメラとフィリア、そしてルナエールとノーブルミミックが続く。

向かう王城からは、逃げ惑う兵やら貴族やらの姿が見える。茫然《ぼうぜん》自失した様子でただ天を見上げる、王国騎士の姿もあった。

そして王城の中で最も高い屋根の上に、一人の男が立っているのが見えた。大きな帽子に、派手なローブを纏《まと》った人物だった。遠目にだが、歳《とし》は二十代半ば程度に見える。カオスドラゴンに荒らされる王都を見下ろしていたが、ふと俺と目が合った。

なんとなくだが、直感があった。あの男こそが、ルニマン、ルシファーに続く三人目の人物であり、ナイアロトプの最後の刺客なのだと。

9　―コトネ―

異世界転移者コトネ・タカナシは城へと駆けるカナタ達の背を見送った後、空を仰いだ。

「ヴェォォオオオオオオッ！」

「ヴェォォオオオオオオッ！」

また次のカオスドラゴンが自身らへ向かってくるところであった。それも一体ではなく、二体存在する。

この王都には今や無数のカオスドラゴンが飛び交っているが、コトネがステータスを確認したところ、その一体一体がレベル二千以上である。ルナエールの修行を受けたとはいえ、現在のコトネのレベルは千三百といったところであった。

「仮面の人、二体のカオスドラゴンが来てる。一通り周囲を見てみたけど、レベル二千以下はいないと判断してよさそうね」

コトネは《ステータスチェック》でカオスドラゴンのレベルを確認した後、情報をヴェランタへと共有した。

この場にいるのはレベル千前後のコトネにロズモンド、ミツルにロヴィス、そしてレベル三千のヴェランタである。レベルもそうだが、ヴェランタは事件の対応にも慣れているようであり、上位存在との戦いのブレインでもある。まずは彼に指示を仰ぐべきだと判断したのだ。

「うむ、そなたらにはカオスドラゴンの殲滅《せんめつ》を頼む。我は元々、直接戦闘には不向きなのでな。手筈通り、王都の民の避難誘導を行う」

「……戦闘に不向きとはいえ、あなたレベル三千あるんでしょう？　私達よりは遥かに戦えると思うんだけど」

「レベル程の期待をされても困る。だが、そなたとミツルの《神の祝福《ギフトスキル》》のポテンシャルは、数値上のレベルより遥かに上に戦闘能力を発揮し得る。我の《神の祝福《ギフトスキル》》ではそうはいかんのだ」

「いや、でも、私達じゃ戦力的に厳しいと……」

「承知の上だ。連携して弱点を補い、上手く効率的なカオスドラゴンの排除を求む。民の避難も後回しにはできんからな。余裕があればサポートに戻ってくるが、少しでも被害を抑えるためにも、一刻も早く一体でも多くのカオスドラゴンを排除する必要がある。苦しい戦いになるとは思うが、頼んだぞ」

そう言うとヴェランタは魔法陣を展開する。彼の前方に、いつもの転移用の黄金の門が現れた。ヴェランタが門を潜ると、門諸共に彼の姿は光に溶けるように消え去ってしまった。宣言通り、塔への避難誘導のために動き始めたのだろう。

コトネはヴェランタが消えた辺りの空間を、数秒程呆気《あっけ》に取られたまま眺めていた。

「やってくれたな、あの男め。我らに押し付けて、安全な誘導へ逃げおって」

コトネのすぐ隣でロズモンドがぽつりと呟く。

コトネも修行のために塔に連れてこられてからヴェランタの話は耳にしていた。ヴェランタが我が身可愛《かわい》さで逃げ出すような人物ではないとは知っているため、こうするのが最適解だと判断したのだろうとは思うのだが、それでも思うところがないといえば嘘になる。

「ふむ、あの巨体相手では、俺では少々決定打に欠ける。俺は隙を作るのに徹しよう。ミツルは隙を見て、《極振り《ダブル》》で重い一撃を入れてやれ」

一人だけ乗り気のロヴィスが、大鎌を構えて前に出る。

「……無茶言うんじゃねえ。あんな飛んでる相手に、身体が重くなる攻撃モードで肉薄できるかよ。よしんば近づけても、一発で殺されてお陀仏《だぶつ》だろうが」

ミツルが呆《あき》れたようにそう返す。

「キミが軽快に飛び回ったところで、むしろ何の戦力にもならないと思うが。まあ、いい。臆病な足手纏《あしでまと》いを連れて戦うのは興醒《きょうざ》めだ。俺だけでやる」

「なっ、テメェ！」

激昂《げきこう》するミツルを置き去りに、ロヴィスが地面を蹴って駆け出した。

「ヴェォオオオオオッ！」

ロヴィス目掛けて、真っ向からカオスドラゴンが飛来する。

「《短距離転移《ショートゲート》》！」

ロヴィスがカオスドラゴンの大口に呑まれそうになった刹那、彼の身体は相手の背へと移動していた。大鎌を自在に操り振り乱してカオスドラゴンの体表を切り裂き、その身体の上を駆け回る。捕えられそうになれば、また《短距離転移《ショートゲート》》を用いて別の部位へと移動した。

「ハハハ、どうした！　無駄に長いその身体のせいで、まるで俺に対応できていないようだな！」

ロヴィスの笑い声が響く。

「クソッ、やってやらァ！　のたうち回ってる、デカいだけのミミズに一撃くれてやればいいだけだろうが！」

ミツルが大剣を構え、ロヴィスに続いて向かっていく。

「奴らはよいな、単純で。あの無鉄砲さで、よくぞあの歳まで生きられたものだ」

ロズモンドはやや呆れたように溜《た》め息《いき》を吐《つ》く。

「……私は別に、普通に暮らせたらそれでよかったのに」

コトネもぽつりと恨み言を漏らす。

コトネ自体はこのロークロアに来てから、適当に穏便に暮らせればそれでいいと考えていた。しかし、異世界転移者自体が神々の見世物であったため、ただ平穏な暮らしでは避けられない運命にあった。

生活のため必要に駆られて冒険者になり、あらゆる装備を使いこなせる《神の祝福《ギフトスキル》》の《軍神の手《アレスハンド》》が機能してからは、周囲から都市の一大戦力として期待されるようになってしまった。

流されるようにS級冒険者となっており、気が付けばこうして上位存在の意志と戦うための先兵として前線に投げ出されている。

「世界懸かってるから、仕方ないけど。これが終わったら、今度こそ好き勝手、自由にさせてもらうわ」

「期待しておるぞ。コトネにはマンガの先生として生きてもらわねば困るからな」

ロズモンドが武器である十字架型の大杖《おおつえ》を掲げる。

「土魔法第十階位《土塊蹂躙爆連弾《グラウンドミサイル》》！」

大きな魔法陣が浮かび上がる。周囲の地面がボコボコと盛り上がって形を成し、全長十メートルを超える長球型の土塊が三つ並んだ。

「向かうがよい！」

ロズモンドが大杖を天へ突き上げる。長球型の土塊は、ロヴィス達が戦っているのとは別個体のカオスドラゴンへと目掛けて、真っ直ぐに飛んでいった。

宙で三発の爆弾が炸裂《さくれつ》する。爆撃に呑まれたカオスドラゴンの体表が剝がれ落ち、焼き爛《ただ》れていた。憎悪の籠った瞳を、目下のロズモンドへと向ける。

「グゥウ……！」

土塊表面の硬度を圧縮して引き上げ、内部の土を魔力を練り込んで強烈な火薬へと変換し、強力な爆弾を作る魔法である。ロズモンドがルナエールより教わった魔法であった。

「……悪いが我はこれで魔力がなくなった。補充させてもらうぞ」

ロズモンドは懐から小瓶を取り出して蓋を外し、中の液体を一気に口へと含んだ。ルナエールお手製の、魔力を一気に回復させる霊薬である。

《土塊蹂躙爆連弾《グラウンドミサイル》》は格上の相手にもダメージを見込める強烈な魔法ではあるが、相応にＭＰを消耗する。そのためルナエールから幾つか霊薬を持たされていた。

「ヴェォオオオオオオッ！」

怒ったカオスドラゴンが、コトネとロズモンド目掛けて大口を開けて飛び掛かってくる。

コトネは屈《かが》んだ後、地面を蹴って跳び上がった。馬の嘶《いなな》きと共に靴が光を帯び、彼女の身体を大空へと押し上げた。

【天馬の靴】《価値：伝説級》

精霊馬ペガサスの魂が宿った靴。

履いた者に空を駆ける身軽さを与える。

だが、ペガサスから認められなかった者は、空高くから振り落とされるという。

ルナエールから借りたアイテムである。本来使用者を選別する危険なアイテムではあるが、コトネの《軍神の手《アレスハンド》》にはあらゆる武器や装備を十全に使いこなす能力がある。

意表を突いてカオスドラゴンの頭上へと跳び上がったコトネは、そのまま短剣を抜いて大きな頭に斬りつけた。激しい光と共に、カオスドラゴンの頭部に大きな斬撃が走った。

この短剣もまた、ルナエールから借りた曰くつきのアイテムである。

【真理剣イデア】《価値：神話級》
攻撃力：+2800
あるとき次元の狭間《はざま》より唐突に現れた短剣。
その本当の出自を知る者は誰もいない。
あらゆる物理的な守りも、呪いも、概念さえ無視して相手の本質を断つ魔剣。
斬られた傷は決して癒えず、永劫に対象の肉体を蝕む。
持っているだけで世界の真理が流れ込んでくるため、生半可な者が握れば正気を失う。

宙でのたうち回るカオスドラゴンの腹部へと、コトネは短刀を振り下ろす。

「これで終わり！」

「ギィアアアアアアアアッ！」

苛烈な斬撃と共に、カオスドラゴンは断末魔を上げた。着地したコトネの背へと、体液を噴き出しながらカオスドラゴンが落下し、地面へと叩きつけられた。

「《極振り《ダブル》》……攻撃モード！」

コトネがその叫び声に顔を上げれば、ミツルが屋根を蹴飛ばし、別個体のカオスドラゴンへと飛び込んでいくところであった。ミツルは大剣を振るいながらカオスドラゴンの胸部に斬りつけ、肉と骨を突き破って反対側へと飛び出した。

無防備に宙へ投げ出されたミツルを、ロヴィスが回収して《短距離転移《ショートゲート》》で地面へ降り立つ。二体目のカオスドラゴンが地面へと墜《お》ちた。

「どうにかなりそうであるな」

ロズモンドが霊薬の空瓶を地面へ投げ捨てる。

「……今はなんとかなってるけど、いつまで持つのかわかったものじゃないわよ」

コトネがそう口にしたとき、また王城を中心に大きな魔法陣が展開される。それと同時に、また魔法陣より複数のカオスドラゴンが生み出され、王都全域に向けて放たれる。その中には、これまでの個体と比べて倍近い巨体を誇るカオスドラゴンも存在した。

「このペースだとアレに王都が埋め尽くされる方が早そうね」

「元栓を締めてもらわねばどうにもならんようだな。何にせよ、我らはできることをやるだけである」

ロズモンドが十字架の大杖を構えた。

10　―コトネ―

「ヴェオオオオオオオオオオッ！」

「ヴェオオオオオオオオオオオッ！」

二体のカオスドラゴンが、地面を這《は》い、地表を削りながらロズモンドへと迫っていく。

「土魔法第九階位《土塊爆連多重撃《アースマシンガン》》！」

ロズモンドの周囲の地面が盛り上がり、土塊から無数の弾丸の嵐が二体のカオスドラゴンへと浴びせられていく。弾丸はカオスドラゴンの体表にめり込み、爆発し、鱗《うろこ》を剝がして血肉を抉《えぐ》る。だが、カオスドラゴンは一時的に減速こそしたものの、すぐに目を見開き、再び加速し始める。

「ぐうっ！」

次の魔法は間に合わない。ロズモンドは一《いち》か八《ばち》か、腰を深く落として十字架の大杖を構える。

「《極振り《ダブル》》……攻撃モード！」

そのとき、近くの建物を蹴飛ばして急降下してきたミツルが、片割れのカオスドラゴンの頭に深々と大剣の刃を突き刺した。

「《世界巨人の斧《アトラスアックス》》！」

飛んできたコトネが全長数十メートルはあろうかという大斧《おおおの》を振るい、もう片割れのカオスドラゴンの首を斬り飛ばした。頭を失い、制御の利かなくなった二体のカオスドラゴンの巨体が地面を転がっていく。

「……どんどん余裕がなくなってくるわね。敵さんは無限に湧いてくるっていうのに」

コトネは自身が振るった大斧の刃の上に立つ。既に身体中傷だらけであり、すっかり息を切らしていた。

「助かったぞ……コトネに、ミツルとやら。して、あのロヴィスという男は……」

「向こうで自分の世界に浸ってるわ」

コトネはロズモンドの言葉に、指で大空を示す。ロヴィスは遥か天の上で、一層巨大なカオスドラゴンと戦っていた。何度も振り落とされるが、彼の転移魔法で喰《く》い下がり続けている。耳を澄ませば、微《かす》かにロヴィスの笑い声が聞こえてくる。

「……奴は馬鹿なのか？　なんにせよ、あの男が竜のボスを惹《ひ》き付けてくれていて助かったが。自分の世界に入っていて、まともに連携も取れそうにないな」

「でも……さすがに長く持ちそうにはないわね」

コトネは溜め息を吐きつつ、空のカオスドラゴンのレベルを確認する。【Ｌｖ：３１７７】、恐らくこの王都に放たれたカオスドラゴンの中で最高レベルを有する個体である。

天上のカオスドラゴンが出鱈目に振り乱した尾の一撃が、遂《つい》にロヴィスの身体を打った。轟音《ごうおん》と共に空から一直線に叩き落とされるロヴィスの身体が、一瞬魔法陣に包まれて消えたかと思えば、綺麗に地面へと着地した。

血塗《ちまみ》れのロヴィスが、ギラギラと輝く双眸《そうぼう》で天を舞うカオスドラゴンを睨む。

「ハハハ、流石に厳しいな。千回は斬ってやったというのにビクともしない。じきにアレが降りてくるぞ！」

「なんで生きてるのあなた……」

コトネが若干退《ひ》きながら尋ねる。

四人は既に十以上の数のカオスドラゴンを仕留めている。ロヴィスのレベルもそれなりには上がっているが、それでも上のカオスドラゴンは今のロヴィスの三倍近いレベルを有する。尾が掠《かす》めただけで身体がバラバラになっていてもおかしくはないレベル差だ。

「尾の打撃を受け流していたからな。それでも地面に叩きつけられればバラバラだっただろうが、《短距離転移《ショートゲート》》を挟めばその衝撃もなかったことにできる」

「……聞かせてもらっていいかしら。あなたの数倍の速さで暴れ回るアレを、どう受け流すの？」

「勘だ。刹那の攻防の中で、思考を巡らせる猶予などあるものか」

ロヴィスは鎌を振るって、刃の血を飛ばす。

「ああ、そう……。ありがとう、参考にならないことがわかったわ」

コトネは半ば呆れながらそう返し、周囲へ視線をやる。

カオスドラゴンの群れは、同胞を倒して回っているコトネ達へと狙いをつけ始めていた。既に周囲より、十数体のカオスドラゴンが接近してきていた。そして空の上には、最もレベルの高い、巨大なカオスドラゴンがこちらへ向かって降下しつつあるところであった。

「……これ以上は、さすがに持ちそうにない」

バトルジャンキーのロヴィス以外の三人はとうに満身創痍《まんしんそうい》であった。そうでなくても、元々レベルの利は相手にあるのだ。徒党を組んで掛かってこられれば、対応できるはずなどない。

コトネは空の巨大なカオスドラゴンを見上げながら、《世界巨人の斧《アトラスアックス》》から手を離した。

「《異次元袋《ディメンションポケット》》」

コトネの手に〈真理剣イデア〉が握られる。

「せめて相打ちにしてやるわ。来なさい」

威勢よくそう凄んだ後、手元の短剣へと目線を落とし、小さく溜め息を吐く。

「……私の漫画、ようやく軌道に乗ってきたところだったんだけどな」

元々、コトネは無気力な少女であった。彼女は地球では何をするにしても、取り立てて楽しいと感じたことがなかった。人付き合いも苦手であった。漫画を読むのは好きだったが、それも別に他人と共有したいとは思わなかった。

閉鎖的で、広がりのない趣味が唯一の生き甲斐《がい》だった。別にそれが悪いとは思わなかったけれど、それだけが自分の全てなのではないかと認識したとき、彼女は途端にそれが恐ろしくなった。

『キミをロークロアの英雄にしてあげよう！』

ナイアロトプから傍迷惑《はためいわく》な異世界転移の勧誘が来たのはそんなときだった。

ロークロアの異世界転移者は、未練のない天涯孤独の身の人間から選出される。全く知らないファンタジーの世界で、過去を忘れて主人公として好きに振る舞える。コトネはそのセールストークに心が動かなかったわけではないが、結局彼女は戦士に祭り上げられて英雄と囃《はや》し立てられても、別段満足することはなかった。

冒険者活動から手を引くことを考えていた折のマナラークの襲撃事件。そしてコトネが昏睡《こんすい》状態の際に、お節介ギルド長ガネットにより、コトネが趣味で描いていた漫画が勝手に市場に出されることになってしまった。その発端こそ擦れ違いによる不本意なものであったが、しかしコトネはロークロアで漫画家として活動していくことに、これまでの何でも得られなかった強い生き甲斐を覚えていた。

これからどんどんこのロークロアに漫画文化がゼロから根付いていく。そして、その中心に自分がいる。彼女はこの先の未来に強い希望を抱いていたところであった。

「ヴェアアアアアアアアアアアッ！」

迫り来る巨大なカオスドラゴンの咆哮が、コトネを現実へと呼び戻した。

コトネが覚悟を決めて〈真理剣イデア〉を強く握り直した、そのときであった。突然ロヴィスが、コトネの肩を抱いた。

「あなた、ちょっと、何を……」

「《短距離転移《ショートゲート》》！」

ロヴィスが瞬間的に転移を繰り返す。コトネはいつの間にか、先程とは少し離れた場所、建物の屋根の上に立っていた。繰り返す《短距離転移《ショートゲート》》の間に回収したらしく、ミツルとロヴィスも傍《そば》にいる。

先の巨大なカオスドラゴンは、コトネ達が先程いた場所の地面を喰らっていた。それだけで王都全土が揺れたかのような衝撃であった。すぐにその恐ろしい頭部が、一ヵ所に集まったコトネ達を見つけ、邪悪な笑みを浮かべる。

「一旦逃げたって、時間稼ぎにしか……」

コトネがそう言いかけたときだった。

「炎魔法第二十一階位《黒縄大熱仏閣《コクジョウダイネツブツカク》》！」

しゃがれた野太い声が響く。巨大な魔法陣が浮かび上がったかと思えば、大きな寺院を模したかのような黒い炎が、巨大なカオスドラゴンを押し潰すかのように現れた。

「ギュオオオオオオオッ！」

巨大なカオスドラゴンの身体が灰燼《かいじん》に帰していく。

「煩《うるさ》い蛇じゃな」

その刹那、カオスドラゴンの身体が真っ二つになる。その斬撃と同時に、三メートル近い巨体の男が、黒い炎の中に現れた。

男は前髪を後ろに撫《な》で付けて髷《まげ》を結った特徴的な髪型をしており、派手な甲冑《かっちゅう》を纏っていた。顔は鬼のように醜悪な凶相であり、特にその真っ赤な眼光は、魔獣のような気迫があった。

「あ、あなたは……？」

コトネはぱくぱくと口を動かしながら尋ねる。大男は鼻で笑い、手にしていた刀を鞘へと戻す。

「ヌシら、あの不死者の弟子共か。ヴェランタから聞いておる。奴から王都防衛の補佐を頼まれたのじゃ。散々布石の防衛に努めろと言っておいて、突然呼び出すとは、人使いの荒い奴よ」

ノブナガが言い終えると同時に、都市のあちらこちらから、円形の仮面を着けたゴーレムが姿を現す。

このゴーレムは、コトネにも見覚えがあった。上位存在の干渉によって《地獄の穴《コキュートス》》から溢《あふ》れた魔物を押し留《とど》めるため、ヴェランタが量産していたゴーレムである。ヴェランタの塔の中にも大量に配備されていた。

どうやら動かせる戦力を少しでも早く王都に集めるための手配は既に行われていたようであった。

「投げっぱなしにされたのかと思ってたわ」

コトネは深く息を吐く。

「まだ気は抜けん。何せ、あのドラゴン共は定期的に補充されている」

どこか楽しげなロヴィスが、そう口にして大鎌を構える。

第二話■《破滅のゾラス》

1

俺はルナエール、ポメラ、フィリア、ノーブルミミックの四人と一体で、王城へと向かっていた。王城には、ゼロと、そしてナイアロトプの最後の刺客が待っているはずだ。

移動している最中、遠くから悲鳴が聞こえてきた。目を向ければ、避難のために沢山の人達が駆けている大通りに、降下したカオスドラゴンが接近しているところだった。

カオスドラゴンは大きく息を吸い込んでいる。口許《くちもと》に赤い魔力の光が見えた。炎の息吹で彼らを焼き払うつもりだ。

「ぐっ！」

一刻も早く本体を叩いた方が被害を抑えられるはずだ、というのはわかっている。しかし、それでも、目前で人が死ぬところを見過ごす気にはなれなかった。

俺は思わず足を止めたが、しかしここから魔法を飛ばしてあのカオスドラゴンを撃退しても、結局周囲の人達を巻き込んでしまう。

「えいっ！」

俺が逡巡《しゅんじゅん》している間にフィリアが動いた。彼女が手を交差すると、彼らを守るように現れた大きな二本の手が指を組み、傘となってカオスドラゴンから守った。フィリアの出現させた手の甲が、カオスドラゴンの炎の息吹を弾《はじ》き、人々を守った。

「ヴォオオ……！」

カオスドラゴンは正体不明の相手から距離を取ろうと、宙に浮いた。俺はそこを狙って魔法を放った。

「《赤き竜《アポカリプス》》！」

一直線に猛炎の竜が駆けていき、カオスドラゴンの横っ腹を喰い破った。牙から移った炎がカオスドラゴンの全身を蝕んでいく。カオスドラゴンはもがきながら空へと逃げていった。

「ひとまず解決しましたが……やっぱり、王都の守護の戦力が全然足りていない……」

コトネ達もレベル以上の力があるとはいえ、あの四人で王都全域の守護などとてもできるはずがない。

「あっ……」

フィリアが悲しげな声を漏らす。

フィリアの腕は、カオスドラゴンの直接の炎こそ防いだのだが、広がった火の粉が火事を起こしたのは止められていなかった。また、熱の余波で火傷《やけど》を負ったらしい人達が何人も倒れているのが見えた。負傷して蹲《うずくま》ったまま、逃げることに必死な人達に押し退《の》けられている人の姿が何人も目に映った。

「ごめんなさい……フィリア、あの人達を助けに行きたい」

フィリアがそう口にした。

……ナイアロトプの最後の刺客に対する戦力が惜しいのも事実だ。そして、あちらも後回しにはできない。被害が拡大し続けるだけだ。

しかし、この最後のタイミングで投入してきた刺客だ。そして、高レベルのゼロをあっさりと誘拐に成功した相手でもある。ルシファー以上の強敵であることが予想できる。ここはフィリア達には救護活動に当たってもらった方がいいかもしれない。

「……ポメラさんも、フィリアちゃんに同行してあげてもらえますか？　負傷者を白魔法で癒してあげてください。それから……ノーブルも、二人の護衛をお願いします」

俺はポメラへと告げた後、ルナエールへと視線を向けた。ルナエールも迷わずに頷いて同意を示してくれた。

「……わかりました。ポメラも、救護活動に向かわせてもらいます。お二方とも、ご無事を祈っています」

ポメラは少し悩んでいたようだったが、すぐに頭をぺこりと下げて、フィリアと共に走り出した。

「カナタ！　主ヲ頼ンダゼ！」

ノーブルミミックが舌を絡めて、グッドサインを作ってくれた。

俺はルナエールとの共闘でルシファーを討伐して一気にレベル五千台中盤まで上がったものの、現在も彼女の方がレベルは遥かに上である。しかし、だからといって、ずっと守られるような形では格好がつかないというものだ。

「ええ、勿論です！」

俺はノーブルミミックへとそう返した。

「……ノーブルも、カナタも」

ルナエールは微かに頬を赤らめて気恥ずかしげにしていたが、すぐに真剣な表情に戻った。

先行したフィリアとポメラを追う形で、ノーブルミミックも負傷者達の許へと駆けていった。俺もルナエールと顔を見合わせた後、再び王城へと向かうことにした。

「速攻で終わらせて……王都を、このロークロアを救いましょう」

長かったナイアロトプとの争いも、この戦いで決着がつくはずだ。

俺とルナエールは王城の門を軽々と飛び越え、壁を越え、屋根を飛び移り、王城の最も高い屋根の上へと立った。

そこに大きな帽子を被《かぶ》り、派手なローブを纏った、魔術師風の男が立っていた。

手や足には、青白く光る鎖が絡まっている。ルニマンやルシファーと同じだ。彼ら同様、ナイアロトプ達の世界で囚人として封印されていたところを、行動を縛られてこうして連れてこられたのだろう。

男に誘拐された、カオスドラゴンのエネルギー源となっているはずのゼロの姿は見つからない。しかし、今肝心なのはこの男の方である。彼を倒してからゼロを探しても遅くはない。

「やぁ、待っていたよ。異世界転移者のカナタ・カンバラに、憐れな不死者ルナエール。お前達のことはよぅく知っている。あの滑稽な神様気取りから、散々諄《くど》く教えられたものでね」

男は馴《な》れ馴《な》れしく、こちらへまるで親しい友かのように手を振ってくる。

ゾラス・ロダル・レグレッヒ
種族：リッチ
Lv　：6486
HP　：27241／27241
MP　：42807／42807

俺は息を呑んだ。

最後の刺客……ゾラス・ロダル・レグレッヒ。

ただ、ゾラスのレベルも高いことは高いが、ルシファーの八千のような馬鹿げた高さのレベルの持ち主ではない。俺のレベルは五千、ルナエールのレベルが七千。二人で共闘すれば、むしろこちらに分がある戦いだ。

「異世界転移者の《ステータスチェック》か。希望を持ったかな？　でも……残念だけど、二人掛かりでも私は倒せないよ」

そんな俺の心情を見透かしたように、ゾラスは言う。同情したような、無知な子供をあやすような、そんな物言いだった。俺はつい、返す言葉に詰まる。

「それにもし私の首を獲《と》れたとしても、私の仕掛けた爆弾はなくならない。それがなくたって、結局のところ、先のなくなったロークロアを上位存在が放任してくれると？　彼らはその気になれば、好きなタイミングでこの世界を消去できるんだ。詰んでいるんだよ、君達も、この世界も」

ゾラスはこちらの返事など最初から待っていなかったかのように、一方的に、雄弁に語る。

抗《あらが》ったところで、全て消されてお終いかもしれない。その可能性はヴェランタも指摘していたことだった。上位存在の干渉を完全に撥《は》ね除《の》けたとしても、外部からこのロークロアそのものを排除するだけの力を相手は持っているかもしれない、と。

ここまで来て敵の言葉を鵜《う》呑《の》みにするつもりはなかったが、ゾラスにこちらを脅迫したり嘲笑したりする様子はなく、ただ淡々と事実を述べているように見えたのが、むしろ俺の心を揺さぶった。

「カナタ君、稚拙で考えなしの反乱ごっこはここまでにしないかい？　どう足掻こうとも、このロークロアがハッピーエンドを迎えることはない」

「……何を言われても、今更止まれるわけがないでしょう。俺は、俺のできることを全力で行うだけです。それが、巻き込んだロークロアへの贖罪《しょくざい》でもある」

「実は、他にもっと賢い手があるんだよカナタ君。万能さ故の退屈に蝕まれ、無量大数の娯楽をただ貪ることでしか生きられない、憐れな神様気取りのまるまると肥えた道化達に、一矢報いることができると誓おうとも」

俺は剣を握り締めたまま、ゾラスの次の言葉を待った。

相手のペースに呑まれつつある。しかし、そのことに対する不安感以上に、この得体の知れないゾラスという男について、戦う前に少しでも知っておきたいという気持ちがあった。

それに、もし本当にゾラスの言う通り消えるしかないロークロアを救済できる夢の手段があるのだとしたら、聞いてみたかった。

「このまま抵抗せず、死んでくれないかな、二人共。私は君達を殺めた時点で、上位次元に帰還し……そこで下位神として迎え入れられる契約になっている。私はその地位を利用し、次はあちらの世界を滅茶苦茶《めちゃくちゃ》にしてやるつもりなんだ。結果的にそれが君達の無念を晴らすことにも繋がる。フフフ、どうだい、下手に戦って共倒れになる可能性を残すより、よほどいい考えじゃないかな？」

ゾラスが自身の顎を押さえ、そんなことをあっさりと口にした。

身勝手で、それこそ無茶苦茶な暴論だった。上位存在から見たゾラスの立ち位置は何となく理解したが、それ以上の価値はない。ルニマンやルシファー同様、ゾラスもまた、自分の手で少しでも多くのものを壊したいとしか考えていない。こんな人間との、この先の対話には何の意味もない。

俺は無言のまま、地面を蹴ってゾラスへと肉薄した。同時に空間転移で移動したルナエールが、ゾラスの背後に回り込んでいた。

ゾラスは俺の剣の腹を横から弾き、軌道を逸《そ》らす。そして死角から放たれたルナエールの鋭い回し蹴りを、ゾラスは屈んで避《よ》けた。

俺はすかさず返す刀でゾラスの首を狙う。

「《転移門《ゲート》》」

ゾラスの身体が光に包まれて消えたかと思えば、彼の姿が俺達の上へと浮かび上がった。

「フフ、どうせこうなるだろうと思っていたよ。言ってみただけって奴さ。ふむ……あまり時間がないのだが、ちょっと長くなってしまいそうだな」

ゾラスを中心に魔法陣が展開される。

「時空魔法第二十二階位《女神の空中庭園《ミューズ・ガーデン》》」

ゾラスを纏う空気が一変したような気配を感じ取った。

「さあ、始めようかい。悔いが残らないよう、せいぜい頑張ってくれたまえ」

2

俺は宙に浮かぶゾラスを睨む。

彼を中心に展開された魔法陣は維持されたままである。何となく、今のゾラスから不穏なものを感じる。先程奴の発動した時空魔法《女神の空中庭園《ミューズ・ガーデン》》とは、どういったものなのか。

「ルナエールさん、あの魔法について何か知っていますか？」

「あらゆる接触を透過する時空魔法ですね。厄介なものを使ってくれます」

ルナエールが面倒くさそうに目を細める。

「あらゆる接触の拒絶……」

……それはつまり、こちらの攻撃が一切通らなくなったということだ。厄介程度で済むものなのだろうか。

「かなり稀少《きしょう》な魔法のはずですが、偶然にも最近使用者を目にしたところです。使用中は魔法の維持に常に脳のリソースが割かれ、行動の隙が大きくなるはずです。他の魔法はまともに行使できないでしょう。それに、一部の魔法自体に干渉する魔法や、余剰次元に干渉する重力魔法が有効打になります。決して無敵の魔法ではありませんよ」

ルナエールの言葉にゾラスが拍手を送る。

「素晴らしい、教科書通りかのような模範解答だ、不死者の娘ルナエール！　お次は実践してみたまえ！」

ゾラスが腕を振ると、その手に大きな黄金の錫杖《しゃくじょう》が現れた。そのままゾラスがこちらへ飛来してくる。

「《超重力爆弾《グラビバーン》》」

ルナエールがゾラスへ手を向ける。ゾラスの動きが大きく横に逸れる。一瞬遅れてルナエールの放った魔法が、先程までゾラスのいた座標に炸裂した。黒い光の暴縮と爆発が巻き起こる。

「その手の魔法は私も得意でね。使い方の定石から座標の感知までお手の物だ。そんな大技が当てられると思わない方がいい」

「だったら《重立方体《グラビティ》》！」

俺は目前へ広範囲に、黒い半透明の箱を出現させる。範囲内に入ったゾラスの動きが鈍り、高度ががくっと下がった。

《重立方体《グラビティ》》は第七階位の時空魔法である。範囲内の重力を重くすることができる。

「む……」

「掛かった……！」

低階位の魔法は発動が速く、扱いやすい。範囲も広いため当てやすい魔法だ。これで動きが鈍くなれば、他の重力魔法を叩き込んでやれる。

「《転移門《ゲート》》」

ルナエールが後続の魔法陣を紡いでいる間に、ゾラスの姿が魔法陣に包まれて消えた。魔法の準備から発動があまりに速すぎる。

「後ろだよ」

俺は声に一瞬遅れて振り返り、不気味な笑みを浮かべるゾラスと目が合った。

「ぐっ！」

距離を取るため、背後へ跳びながら牽制するように剣を振るう。だが、ゾラスはそのまま杖を振りかぶったまま直進してきた。俺の刃は、ゾラスの胸部を透過した。

「これが《女神の空中庭園《ミューズ・ガーデン》》の透過効果……！」

次の瞬間、ゾラスの杖が俺の腹部を打った。深くめり込み、骨がへし折れるのがわかった。喉の奥から生暖かい液体が込み上げてきて、視界が自身の口から出た赤い液体で染まった。

「カナタっ！」

一瞬意識が途切れ掛けるも、ルナエールの声に目を覚ました。俺が飛ばされた先に転移していたルナエールが、俺の身体を受け止める。

「すみません、ルナエールさん……」

「私にも計算違いでした。あの魔法の発動中は、発動者側からも肉体的な接触は行えないはずですが」

ルナエールがゾラスを睨む。

「本人の調整次第さ。レベルは私より高かったみたいだが、そんなこともわからないなんて、限界が見えたね。悪いけど、私に魔法で比肩する存在はロークロアみたいな下位世界にはいない」

ゾラスがすぐに向かってくる。

俺は半ば強引にルナエールから離れ、立ち上がった。身体が軋《きし》み、意識が眩《くら》む。だが、回復しているような甘い猶予はない。

「時空魔法第二十一階位《亜次元鱓《ウルプレデター》》」

ゾラスの浮かべた魔法陣より、虹色の光を帯びた、輪郭の曖昧な化け物が現れた。長球状の簡素な身体に、巨大な口と牙がついている。生き物かどうかさえ定かでない、不気味な物体だった。

「オオオオオオオオオオオオオオオオオッ！」

その何かが、叫び声のような不快な音を発する。俺とルナエールを纏めて呑み込もうと、大口を開けて迫ってくる。

「嘘……！」

ルナエールの顔に焦りが表れる。

ルナエールは《女神の空中庭園《ミューズ・ガーデン》》の発動中は、他の魔法をまともに行使できないはずだと言った。

しかし、どうやらそれはゾラスには当て嵌《は》まらないらしい。

ルナエールは低空飛行しながら俺の背中を押し、謎の長球物体の牙から逃れた。攻撃が空振った瞬間、長球物体は空間に溶け込むように消えていった。

だが、《亜次元鼉《ウルプレデター》》を回避した俺達のすぐ目前には、《転移門《ゲート》》で回り込んでいたらしいゾラスの姿があった。

「足手纏いを庇《かば》いながら私と戦うのは賢明じゃないね。不死者の娘ルナエールよ」

俺は急いで魔法陣を紡ぐ。相手に《女神の空中庭園《ミューズ・ガーデン》》がある限り、正面からぶつかっても勝てない。とにかく重力魔法を放って回避させ、その隙に少しでも立て直すしかない。

MPが勿体《もったい》ないが、当たらないのを承知で《超重力爆弾《グラビバーン》》をぶつける。

「風魔法第十九階位《魔喰風《ボレアース》》」

ゾラスが魔法陣を浮かべる。黒い風が吹き荒れ、俺の紡いだ魔法陣が崩れた。

「なっ……！」

相手の魔法を、潰す魔法……！

こんなの反則過ぎる。《女神の空中庭園《ミューズ・ガーデン》》で重力魔法以外を撥ね除けた上で、《転移門《ゲート》》の高速連続使用と《魔喰風《ボレアース》》の魔法陣潰しで的確に自分への攻撃を妨害されたら、こちらから攻撃なんてまともに通せない。

「ほうら、避けられるかな？」

ゾラスが俺の頭を目掛けて杖を振るってくる。ゾラスは魔法だけではなく、レベル相応の怪力を有している。頭部に直撃を受ければとても助からない。

反射的に剣で防ごうかと思考が過るが、すぐにそれは透過されると思い至る。その間にも、ゾラスの杖は俺のすぐ前方まで迫ってきていた。

ルナエールが素早く、杖と俺の間に滑り込んだ。俺ではとても受けきれないと判断して、自分の肉体を俺の盾にしようとしたらしい。

俺は歯を噛《か》み締める。この戦い……俺は庇われて、足手纏いになってばかりだ。

「泣ける自己犠牲精神だねえ」

ゾラスの振るった杖は、ルナエールの肉体を透過し、俺の首を捉えた。視界が明滅し、身体が軽々と弾き飛ばされる。屋根に自分の身体が激しく叩きつけられる感覚を、俺は第三者のように、淡々と感じていた。

「えっ……？」

ルナエールに不釣り合いな、呆《ほう》けたような声が聞こえてきた。顔を上げれば、泣きそうな目を見開いて俺を見るルナエールの姿が、ぼんやりと視界に映った。

「アハハハハ、いい顔だ！　悪いが私はキライなんだよ。その手の考えなしの無意味な献身って奴が」

ゾラスが勝ち誇ったようにそう言った。

ルナエールは俺を見ていたが、眉間に皺《しわ》を寄せて強い怒りを露《あらわ》にすると、ゾラスへと向き直った。

ゾラスは俺へと人差し指を向ける。

「彼の助けに向かうより、私との戦いを優先するか。正しい判断だ。今の状況……君に私へ背を向けるだけの猶予はないのだから」

「もう黙ってください。あなたの存在そのものが不愉快です」

ルナエールがゾラスを睨む。

3

俺は薄れる意識の中、どうにか激痛に耐え、身体を動かそうとする。だが、指一本動きはしない。思考が、呼吸ができない。顔を上げたままでいるのがようやくだった。

視界の中では、ルナエールが高速で飛び回りながら、ゾラスの後頭部へ蹴りを放っているところだった。だが、ルナエールの蹴りは、ゾラスが維持している《女神の空中庭園《ミューズ・ガーデン》》によって透過される。

「彼の救助より私との戦闘を優先したのは聡明な判断だと思ったが、やはり激昂しているようだ。意味のない攻撃だ。今更そんな足技で、この《女神の空中庭園《ミューズ・ガーデン》》の突破口を見つけられるとでも？無意味に私への隙を晒すだけだ」

ゾラスの姿が光に包まれて消えたかと思えば、杖を振り上げた姿勢で、ルナエールのすぐ頭上に現れる。

ゾラスの杖がルナエールの右肩を打った。鈍い音が鳴り、ルナエールの表情が痛みに歪む。

だが、それと同時に、ルナエールはゾラスの杖の先端を摑んでいた。

《女神の空中庭園《ミューズ・ガーデン》》による物理接触の可否はゾラスが選択できる。自身への攻撃は透かし、ゾラスが一方的な攻撃に出られる。

しかし、それは、触れる状態か触れない状態か、どちらか一方にしかなれないということでもある。ゾラスの攻撃と同時であれば、ゾラスの杖を摑むことができる――。

「君も必死だね、不死者の娘」

一瞬ルナエールが摑んだはずのゾラスの杖は、すぐに彼女の手を透過してすり抜ける。すぐに振り直されたゾラスの杖を、ルナエールは屈んで回避する。だが、屈んだ状態のルナエールを、素早くゾラスの足が蹴り上げた。ゾラスの蹴りは、ルナエールの手や足をすり抜け、的確に彼女の腹部を貫いていた。

無防備に浮かされたルナエールへ、ゾラスは容赦なく、続けざまに杖を叩き込んだ。

「がはっ！」

ルナエールの声に、遠のいていた意識が戻ってくる。

俺は、這い蹲《つくば》って何をしている？　いつまで倒れている？

自分の指が、微かに動いたのを感じた。俺は腕に、身体中に残った力を込める。

ゾラスは空へ撥ね上げたルナエールへと、自身の杖を向けていた。

「炎魔法第二十階位《赤き竜《アポカリプス》》」

ゾラスの展開した魔法陣の中央を貫くかのように、巨大な猛炎の竜が現れ、真上へと昇り、ルナエールに喰らいつこうとする。

あの魔法には対象を追尾する効力がある。あの形からは、避けられない。

ルナエールは巨大な魔法陣を展開していた。

「時空魔法第二十五階位《世界の支配者《ワールド・ルーラー》》！」

炎の竜がルナエールへ喰らいつくその刹那、彼女の姿が空から消えた。いつの間にかルナエールはゾラスの背後に立ち、次の魔法陣を展開していた。

「時間停止の魔法……ね。だが、止まった世界の中で、君が別の魔法を発動することはできない。特定の魔法以外の攻撃を完全に遮断する、私の《女神の空中庭園《ミューズ・ガーデン》》とは相性が悪くて残念だったね。時間を止めても私に触ることさえできないのだから。使い捨ての回避に用いるなんて、あまりに燃費が悪いんじゃないのかな？」

ゾラスはルナエールを振り返る。

「時空魔法第二十階位《重力の魔女《グラビウイッチ》》！」

ルナエールがゾラスへと右の腕を伸ばす。

彼女の右腕と重なるように、黒い靄《もや》の塊のような大きな腕が伸びる。黒い巨大な腕は、そのままゾラスへと伸びていった。

ゾラスは大きく身を引いて逃れようとしたが、黒い手に吸われるように引き付けられ、摑まれることになった。どうやらあの黒い腕自体が、強い引力を放っているようだ。

「おやおや、こんなごり押しに捕まってしまったか」

そう言うゾラスの顔には、明らかに余裕があった。

ルナエールの黒い腕が大きく、太く、荒々しくなる。このままゾラスを握り潰そうとしたのだろう。

「《転移門《ゲート》》」

ゾラスの身体が光に包まれ、消失する。ルナエールの黒い手が空振り、無意味に拳を握り締める。

ルナーエルの死角に現れたゾラスが彼女目掛けて杖を振るう。ルナエールは腕で防ぐが、大きく弾き飛ばされることになった。

ルナエールは体勢を整えて着地し、《重力の魔女《グラビウイッチ》》の黒い右腕を保ち、ゾラスを牽制するように構える。

「フフ、何をそう必死に戦っているのかわからないね。いや、本当に君にもわかっているのかな？」

ゾラスがルナエールへ言葉を投げ掛ける。

「不死者の娘、ルナエール。君のことは散々、ナイアロトプから聞いている。魔法の名家に生まれ、国のために魔王と相打ちになり……一人残した母親が心配でリッチに身を堕《お》とした、憐れな少女。その先も私は知っているよ」

ゾラスが両腕を広げ、首を左右へと振る。

「君はその実の母親に騙されて教会魔術師の禁忌研究の連中に拘束されることになり……そこで生き地獄を味わった。決して許されぬ不浄な魂として死ぬことも許されず、罵倒され、拷問を受け、果てには血肉を削って霊薬の材料にされた！　アハハハハ！　これほどまでに滑稽な悲劇があろうか！」

頭に大きな衝撃が走った。

それは、ルナエールが俺にも語らなかった過去だった。当時の宗教観でとても受け入れられるものではなく、ルナエールが身を案じていた母親当人から拒絶されたことまでは聞いていた。だが、騙し討ちを受けた挙げ句、拷問を受けていたなんて初耳だった。

「それで今、君は懲りずに世界を守るために自死さえ問わない勢いで私を倒そうとしているわけだけど、何のジョークのつもりなのかな？　正直私はその滑稽さに、おかしさと同時に、恐怖さえ感じるよ。とても理解しがたいね。何も考えず、機械的にいいと思ったことをやっているのかな？んん？　何度蔑《ないがし》ろにしても勝手に自己犠牲で世界を守ろうとするなんて、はっきり言って聖人を超えて気持ち悪い」

ゾラスは身振り手振りで大仰さを演出して饒舌《じょうぜつ》に語る。まるでそんなゾラスとは対照的に、ルナエールは無表情のまま彼を見つめ返す。

「あなたは……空虚で可哀想な人ですね、ゾラス」

反論するわけでもなく、激昂するわけでもなく、ルナエールは、ただそれだけをゾラスへ伝えた。

ゾラスの顔から表情が失《う》せた。

「君の話を聞いて、ぜひ直接対話してみたいと考えていたのだが……存外つまらないものになったね。がっかりだよルナエール。お遊びはもう終わりにしようか。やはりロークロアは私にとって、あまりに退屈で窮屈な玩具箱だった。とっとと終わらせて、上位存在に遊んでもらうことにしよう」

ゾラスが目を細めて、杖を構える。

俺の伸ばした指が、ついに《魔法袋》に触れた。口許に回復ポーション、《九命猫の霊薬》が現れた。

俺は一気に霊薬を飲み干す。身体の傷が塞がり、思考がクリアになる。俺は素早く起き上がり、荒い息を整え、ゾラスの背へと剣を向けた。

「君……そんなものを持っていたのか。いや、それ以上に、あれだけ手酷《てひど》くやられてまだ私に立ち向かうつもりだと？」

ゾラスが俺を尻目に見る。

「すみません、ルナエールさん。つまらない男の話に付き合って、時間を稼がせてしまって」

「……それこそつまらない挑発だね、カナタ君」

ゾラスが苛立《いらだ》たしげにそう口にする。

ルナエールが透過能力のあるゾラスへ強引に苛烈な攻撃を続けていたのは、ゾラスが倒れている俺へと攻撃する暇を与えないためのものだった。わざわざゾラスの話に乗って、応じていたのもそのためだろう。ルナエール自身が俺の回復に回る余裕はなかったため、とにかくゾラスの関心を引いて、俺が自力で復帰するのを待ってくれていたのだ。

4

俺とルナエールは、ゾラスを睨みつける。ゾラスは俺とルナエールを交互に見た後、わざとらしく肩を竦めた。

「また二対一の振り出し、か。しかし、厄介だな。こうもしぶといとなると、強引にでも倒れたカナタ君から殺し切るべきだった。時間もないというのに」

「……時間？」

ゾラスの言葉に嫌な予感がした。

「私も上位存在の魔法で、今なお拘束されている身なわけだ。今回の私の計画も、連中の意向で本意ではないものを組み込まれてしまったのだよ。最初から言っていただろう？　とっとと君達に死んでもらわないと、お互い損をする結末になると」

ゾラスがそう言って、腕を大きく上げた。ゾラスの腕には、青白く光る鎖が付いている。ルニマンやルシファーにもあったものだ。

「何の話を……」

俺達が立っている王城を中心に、巨大な魔法陣が展開された。魔法陣の光が竜を象《かたど》り、カオスドラゴンとなって王都中へ放たれていく。

「ヴェアアアアアアアアアッ！」

「ヴェアアアアアアアアアアッ！」

ゾラスがゼロの呪いを利用して生み出している呪いだ。これ自体は、ゾラスと戦っている間、定期的に起こっていることだった。だが、引っ掛かることがあった。

「カオスドラゴンの大きさが……いや、レベルが、どんどん上がっているのか……？」

時間が経《た》つごとに、それは感じていた。しかし、ここにきて、そのレベルの上がり幅がどんどん膨れ上がってきているのだ。カオスドラゴンを生み出すスパン自体も短くなってきている。

「こんなに長引くなんて、少し遊びが過ぎたな。私が《静寂の虚無ゼロ》を用いて発動した魔法は、ゼロの魔力を用いて竜を生み出すだけのものではない。むしろそれは副産物に近い。元々の狙いは、ゼロの呪いを用いて、このロークロア全土を崩壊させるためのものだ。だらだらと戦っていれば、私を巻き込んで作動しかねない。弱ったものだ」

ゾラスは顎を押さえながら、事もなげにそんなことを口にする。俺もルナエールも、まるで彼の言葉に理解が追い付かなかった。

「な、なんでそんな呪いを戦いの前に作動した！　お前の狙いは、俺達を殺して上次元界に引き戻してもらうことだったはずだ。戦いの間に発動したら、自分を巻き込むなんて想像がついただろう！」

「何度も説明してあげただろうに。上位存在が、少しでも保険を欲したからさ。連中からしてみればこのまま私がロークロアと共に死んだ方が好都合だろうしね。私も、彼らの命令に反する行動は取れなくされている」

俺は頭を手で押さえた。

ゾラスが共倒れになる可能性を妙に嫌悪していたのはそのためだったのか。

呪いはいつ発動するのかわかったものじゃない。ゾラスには見当がついているのだろうが、こちらからしたら見えない爆弾を背負って戦うことになる。第一、このペースで生み出すカオスドラゴンが強化されていったら、どの道世界の方が長くは持たないのではなかろうか。

おまけにゾラスを倒すためには、どう足掻いても長期戦になる。ゾラスは《女神の空中庭園《ミューズ・ガーデン》》を主軸とした、自身が手傷を負わないための戦法を取っているのだから、それを崩して決定打を叩き込むのには、どう足掻いたって時間が掛かる。

この状況、現実的に考えて、ゾラスが俺達をさっさと処分して上次元界に逃げ帰られる芽はあっても、俺達がゾラスを倒し切れる勝算は限りなく薄い。

そして何より、ゾラスとゼロの呪いは明らかに独立している。仮にゾラスを殺せても、ゼロの呪いが止まるとは考えづらい。今、こうしている間にもゼロの呪いの影響力は高まり続けている。どんどん手に負えない、止められないものに変化を遂げつつある。

俺は目を瞑ってしばし逡巡したが、すぐに決心を固めた。今の状況、ロークロアを救うためにはこれしかない。

「ルナエールさん……ゼロの呪いを止めに向かってください。王城を中心に呪いが発動している以上、城内にゼロがいるはずです。見つけるのは難しくないと思います」

ルナエールは魔法や呪いの世界最高峰の専門家である。ゼロの呪いを止める方法を見つけられるはずだ。

そしてそのためにはもう、ゾラスを倒してから、なんて悠長なことを言っている猶予は恐らくない。今すぐに向かってもらう必要がある。

「ハハハ、だから最初から君達は詰んでいると、散々教えてあげたのに。ゼロの呪いはもう動き出した。私だって簡単には止められないさ。そこの不死者の娘が手を尽くしてもどうにもならないだろう。それに私にも使命があるし、呪いに巻き込まれるわけにはいかない。私はさっさと君達を殺す必要がある。君達の解呪を、ただ黙って待ってやるとでも……」

俺はゾラスへ向き直り、彼を睨みつけた。

「ルナエールさんが解呪を行っている間に、俺が単身であなたをぶっ倒します」

「……よくあれだけやられて、君、私にそんな舐《な》めたことを言えるね。不死者の娘のお荷物が」

ゾラスが目を見開き、俺を睨みつける。

「カナタ……さすがに無謀です。あの男は、あまりに危険過ぎます」

ルナエールが不安げに俺へと言う。

「危険な戦いなのは最初から分かり切っていたことです。これが一番、勝算のある方法です。ノーブルにも格好つけちゃいましたから、こんなところで退けませんよ」

ルナエールもぐっと唇を噛む。彼女もこうなった以上、ゼロの呪いを放置はできないという部分に関しては、俺と同意見なのだろう。そしてゾラスが、二人で掛かったからといってすぐに倒せるような相手ではない、ということについても。

俺には複雑な呪いを扱うような知識はない。必然的に、ルナエールがゼロの解呪に向かうしかない。

「……カナタ、もしも死んだら、絶対に許しませんからね。約束ですよ」

「ええ、勿論です」

ルナエールの姿が魔法陣に包まれて消える。転移魔法で、王城の中に移動したらしい。

「フフフ、私としては一対一の方が手早く殺しやすいからいいのだが、どうせあの子にゼロの呪いは解けないよ。まあ、最初から君達にはハッピーエンドのルートなんて用意されていないのだから、好きに納得できるように足掻けばいいとは思うけれどね。保身第一の上位存在が、すぐ対応できるような呪いを保険として用意させるほど甘いとでも思っているのかい？　上位存在を出し抜きたければ、神という同じ土俵に立つしかないのさ」

「随分とお喋《しゃべ》りが好きなんだな。とっとと終わらせよう、ゾラス。お前も、俺達を殺す前に呪いが発動するのはごめんなんだろ？」

俺は構えた剣の先を、ゾラスの首許《くびもと》へと合わせた。

「本当に生意気なんだねぇ、君は。あの不死者の娘がいないなら、君単独なんて一分で殺せるよ」

5

ルナエールはゾラスとの戦いから離れて、ゼロを捜し出して彼を用いて発動された呪いを止めるため、王城へと入り込んだ。兵や王族も既に逃げたようで、もぬけの殻となっている。

邪悪な魔力の気配を辿《たど》れば、すぐに一階の大広間に、異様な光景を見つけることができた。空間が罅割れており、そこから這い出た黒い靄が、生白い肌の美少年を宙に固定している。普段ゼロの姿を覆い隠している布は引き裂かれていたが、その異質な魔力から、ルナエールにはすぐに少年がゼロであることがわかった。以前にゼロと戦った際に微かに見えた、腕に刻まれている魔術式も、目前の少年と一致している。

彼を中心に周囲の床一面には、病的なまでに細かく魔術式が刻まれている。

「彼がゼロ……いえ、背後のそれの方がゼロと言った方が、正しいのでしょうか」

ルナエールは、ゼロの背後の、空間の歪《ひずみ》へと目を向ける。その奥に広大な空間が広がっており、黒い靄の奥に、大きな人を模したマネキンの頭部のようなものが浮かんでいるのが見えた。その目は今は細められているが、瞼《まぶた》が時折痙攣《けいれん》しており、今にも開きそうに見える。直感的にルナエールは、アレが動き始めたときがロークロアの終わりになることを感じ取った。

ルナエールはヴェランタの言葉を思い返す。

『我が世界の調整役となった際に、処分に困ったものがあった。制御不可能な災いや呪い、正体不明の力の塊……《地獄の穴》《コキュートス》とはまた別に、そういったものを葬り去るための受け皿が必要となった。我は魔法で造った特異空間に、そうしたものを押し込めて封印することにしたのだ。しかし、その封印空間自体を処分することはできんかった。悩んだ末に我は、この封印自体に自己防衛のための人格を与えればよいのではないかと、そう思い至った』

あのゼロの背後の空間こそが、ヴェランタが押し込めてきた制御不可能な力の塊なのだ。いうなればゼロは、彼の人格は、それを守るために作られたものに過ぎない。

そして、ゾラスが宣言していた通り、既にゼロの封印はほとんど解かれている。誰かが何かをしなくてもじきにこの空間が完全に開かれ、世界は死の呪いに蝕まれるだろう。

「本当に……ヴェランタはとんでもないものを作っていてくれましたね。消し去れなかったからこうして蓄積してきて結果的に生み落としてしまったのでしょうが……」

ルナエールは唇を噛む。

ゼロの呪いはルナエールの想定を遥かに超える代物だった。確かにこんなもの、今更再度この場で封印できるとも思えない。だからといって、消滅させることだってできるわけがない。ゾラスがあれだけ自信満々だったことにも納得がいった。

そして何より、想像していた以上に時間がないのだ。正確な時間はわからないが、確実に半刻以上は持たないだろう。

「こんなのもう、どうしようもない……」

強力な攻めと魔法の守りを自在に操るゾラスの撃退だけでも困難だというのに、並行して止めようがない破滅の呪いまでセットで用意されている。おまけのように用意されていたが、こちらの呪いの方がゾラス本体の戦闘能力よりも遥かに厄介であった。半刻どころか、数百年の時間があっても止められる気がしない。

ゼロの解呪や再封印は諦めて、カナタの許《もと》に戻ってゾラスの討伐だけでも行うべきなのではなかろうか。そうも考えたが、しかしやはり、ゼロが残っている限りロークロアは破滅を免れないのだ。

「……やるしか、ありませんよね。悩んでいる時間だって、もうないのですから」

ルナエールは一人呟き、ゼロの額に指先を触れた。

無謀だ、無意味だと頭では理解している。だが、それでも、目前の難題に全力で取り組む以外、もはや選択肢はないのだ。

◆

「時空魔法第二十一階位《亜次元鱓《ウルプレデター》》！」

ゾラスの浮かべた魔法陣より、虹色の光を帯びた、巨大な口だけの不気味な化け物が現れる。

「オオオオオオオオオオオオオオオオオオオッ！」

俺へと巨大な牙が迫ってくる。速い、そしてあまりにも大きい。

普通に飛び回っていても避けられないため、俺はこの魔法に備えて、常に魔法陣を紡いで準備していた。

「時空魔法第十二階位《低速世界《スローワールド》》！」

俺は逃げながら、自身の背後に魔法陣を展開する。

化け物が紫の光に包み込まれ、その動きが遅くなる。化け物はすぐに紫の光を抜けて元の速度を取り戻すが、先の一瞬の遅れのため、俺は辛うじて回避することができた。化け物はすぐ俺の横の屋根を喰らい、大穴を開ける。

「それだけやって回避がせいぜいとはね」

俺が逃げた先に、既にゾラスが《転移門《ゲート》》で回り込んでいた。広範囲かつ高速の《亜次元鱓《ウルプレデター》》で追い込んで逃げる先を誘導し、その先へと回り込む。ゾラスのお得意のコンボだ。

理解はしているが、対応はできない。動きを読めても、俺がこちらからゾラスへ干渉するには、重力魔法に依存する必要があるためだ。ゾラスの苛烈な攻撃を一方的に受けて、それを捌《さば》きながら不意を突いて重力魔法で迎撃するなんて芸当、俺一人では明らかに手数が足りなかった。

「本当にもう時間がなくてね。先程みたいに甘くはないよ」

ゾラスの杖が俺の頰を捉える。自身の首がへし折れたかと思った。意識が揺らぎ、俺の身体が弾き飛ばされる。眩み掛けた意識をどうにか引き戻す。

ルナエールと約束したのだ。必ず、この男を倒して生還すると。

「うおおおおおっ！」

振るった刃は、ゾラスが維持している《女神の空中庭園《ミューズ・ガーデン》》のために、彼の身体を透過して当たらない。

「我武者羅だね。必死過ぎて憐れになるよ」

ゾラスが鼻で笑う。

俺はゾラスの目の前で、《超重力爆弾《グラビバーン》》の魔法陣を紡ぐ。

「見逃すわけないだろう。もう完全に自棄《やけ》になったのかな？」

ゾラスの杖が、俺の腹部を鋭く突いた。視界の色が反転するのを感じた。身体が、脳が、悲鳴を上げている。

だが、俺は、執念で魔法陣を維持し続けた。剣先をゾラスに固定し続ける。

「グラビバー……！」

「《魔喰風《ボレアース》》」

魔法陣を散らす、ゾラスの魔法だ。俺の《超重力爆弾《グラビバーン》》は、あと一歩のところで掻き消された。

「そんなヤケクソで、この私に通用するものか！」

下から振り上げられたゾラスの杖が、俺の顎を打った。俺の身体は無防備に撥ね上げられる。

「ぐほっ！」

捩れる視界の中、下からゾラスがこちらを見上げているのが映った。抵抗できない俺へと魔法攻撃を叩き込んで、このまま俺の命を絶つつもりのようだ。

勝てない。経験の差だとか、執念の差だとか、そんな次元じゃない。ゾラスの戦い方は、あまりに完成されていて隙がない。

「これで終わりだよ。《亜次元鱓《ウルプレデター》》」

宙の俺へとゾラスが杖を向ける。巨大な口を開いた化け物が俺へと迫ってくる。

「オオオオオオオオオオオオオオオオオオオオッ！」

避けられない。一か八か、魔法攻撃で迎撃するしかない。

俺は咄嗟に《超重力爆弾《グラビバーン》》の魔法陣を紡ぐが、俺が魔法を撃つよりも、あの化け物が俺を喰い殺す方が早いことに、途中で気が付いてしまった。

結局、格好つけてルナエールを送り出して、まるでゾラス相手に歯が立たなかった。ロークロア全土を巻き込んで戦って、その結果がこの様だ。

「安心したまえ。君を殺した後は、あの不死者の娘も同じところへ送ってやろう」

ゾラスの笑い声が聞こえてくる。最初はどこか俯瞰《ふかんてき》的で、淡々とした紳士的な印象の男だったが、何が契機だったのか、彼は段々と、嗜虐《しぎゃくてき》的で残忍な本性を見せつつあった。

俺が止まれば、ルナエールは殺され、ロークロアも呪いの海に沈むことになる。ここまで来た以上、もう諦めて立ち止まるという選択肢は残されていない。

俺は迫り来る化け物の牙を蹴飛ばし、身体を大きく翻して逃れようとした。だが、失敗した。左肩に激痛が走る。俺の左腕は、まるまる化け物に噛みつかれていた。まるで振り解《ほど》けない。

「いや、ここまで粘られるとは思っていなかったよ、カナタ君。君のことは覚えておいてや……」

俺は迷いなく、剣先を自身の左肩へと向けた。

「《超重力爆弾《グラビバーン》》！」

「ギュオオオオオオッ！」

化け物が悲鳴のような音を立てる。俺の腕が引き千切れて、衝撃で地面へ弾き飛ばされる。だが、絶体絶命の場面から生還することができた。

「なっ……！」

さすがのゾラスも、俺がこうすることは読めていなかったらしい。一瞬、彼が動揺したのがわかった。

そして、狙ったわけではなかったのが、偶然にも俺が弾き飛ばされた先は、ゾラスのすぐ近くであった。俺は素早く受け身を取りながら、《超重力爆弾《グラビバーン》》の行使の直前から既に《双心法》で紡いでいた、もう一つの準備していた魔法を発動する。

考えて動いていたわけではない。全てが、無我夢中だった。

「くらいやがれ！」

俺は自身の体勢もまだ不完全な状態で、至近距離よりゾラス目掛けて《超重力爆弾《グラビバーン》》を放った。

ゾラスは、信じられないものを見る目をしていた。

「そんな、馬鹿な……！」

俺は《双心法》で《超重力爆弾《グラビバーン》》のような高度な魔法の並行発動に成功したのはこれが初めてだった。そもそも、具体的な狙いがあったわけではない。ただ、咄嗟に、ゾラスに重力魔法での有効打を叩き込むにはそうするしかないと、半ば身体が勝手に動いたのだ。

偶然一発目の《超重力爆弾《グラビバーン》》の余波でゾラスの目前に叩き落とされなければ、それも全て無意味になるはずだった。ただ、天運が味方したとしかいいようがない。

ゾラスの身体が《超重力爆弾《グラビバーン》》の光の暴縮と爆発に呑まれる。

手応えがあったと思ったが、ゾラスはすぐに離れたところに現れた。寸前に《転移門《ゲート》》で回避していたらしい。

「フフ、惜しかったね。少し慌ててしまったよ。もっとも、直撃を受けても私ならば一撃程度耐えられるし、その後は距離を置いて回復することもできる。無意味な抵抗だ。むしろ今の一幕で、君は私との差を再認識することになったんじゃないかい」

俺は片腕で剣を構える。

「やっぱり、ルナエールさんの推測は正しかった」

「……なんの話かな？」

ゾラスが不愉快そうに眉を顰《ひそ》める。

『使用中は魔法の維持に常に脳のリソースが割かれ、行動の隙が大きくなるはずです。他の魔法はまともに行使できないでしょう』

戦闘前のルナエールの《女神の空中庭園《ミューズ・ガーデン》》の評価である。ただ、実際にはゾラスは並行して素早く高精度で高階位の魔法を紡ぐことができる。彼がルナエールの想定を遥かに超えた魔術師であった証《あかし》である。

だが、それにも限界がある。

「《女神の空中庭園《ミューズ・ガーデン》》と並行して他の魔法を使った直後……明らかに通常時よりも大きな隙ができている」

平然と行使しているが、かなりの脳のリソースが割かれているのだろう。先は《女神の空中庭園《ミューズ・ガーデン》》と《亜次元鱓《ウルプレデター》》の並行発動で、明らかに俺の魔法に対する反応が鈍くなっていた。

「よかった。もしかしたら本当に無敵なんじゃないか、なんて考えていたんだ。ようやくお前の隙を見つけたよ」

これで希望が持てた。俺はまだまだ戦える。

6

「お前の隙を見つけた……ね。この状況でよくもそんなことが言えるものだ」

ゾラスが苛立った表情を俺へと向ける。

「本当に君はしぶとい奴だ。この後、私には不死者の娘との戦いも残っている。ゼロの呪いがロークロアを呑み込む前に、使命を果たしてこの世界から逃げねばならないというのに」

「呪いの時間制限なんて関係ない。そっちはルナエールさんが解決してくれる、ゆっくり戦おう。何ならそうなれば、ルナエールさんがまた共闘してくれる。俺はそっちの方がいい」

「夢見がちなことを！　君達はどう足掻いても、このロークロアと共に散るんだよ！　不死者の娘の前座の雑魚が、いつまでも出しゃばるなよ」

ゾラスの周囲に五つの魔法陣が展開された。

「時空魔法第十五階位《亜次元平面概念《ウルポリゴン》》」

鈍い虹色に輝く、三角形やら、四角形やらの不気味な図形が、五つ浮かび上がった。

五つの図形が、高速で俺へと向かってくる。

俺は左右に跳んで回避する。俺の背後へ跳んでいった多角形は、城の屋根をまるでスポンジのように綺麗に切断し、独りでにまた俺へと狙いをつけて浮かび上がる。

要するに高い攻撃力を有した、高速で飛び回って自動追尾ができ、複数展開できる魔法攻撃のようだ。恐ろしいとんでもない魔法だが、今更この程度の魔法を目にして折れはしない。そんな段階はとっくに通り越してしまった。

「バラバラにしてやろう！」

五つの多角形が出鱈目に跳び回り、俺の周囲をバラバラに切断していく。

回避に意識を向けていれば、いつの間にかゾラスの姿が消えていた。こういうときは、また死角から仕掛けてくるとわかり切っている。

向かってくる多角形を回避すれば、その陰から杖を振るったゾラスが姿を現した。

ゾラスの攻撃は防げない。《女神の空中庭園《ミューズ・ガーデン》》で透過され、ガードをすり抜けてくるからだ。完全に回避するしかない。

俺は全神経をゾラスの杖先に集中し、屈んで回避した。避けられたと思った瞬間、俺の腹部にゾラスの蹴りがめり込んでいた。

「うぶっ！」

ＨＰがもうほとんどない。それに、左腕がないままでは取れる手段も限られる。俺は《魔法袋》より、回復の霊薬を引っ張り出す。

「今更回復など許すものか！」

ゾラスの縦に振るう杖。

辛うじて回避することができたが、代わりに霊薬の瓶が叩き割られることになった。

背後から多角形が飛来してくる。俺がすかさず跳んで回避すると、ゾラスが追い掛けてきて、追撃の一撃を振るってくる。俺はせめて腹部や胸部で受けないよう、右肩で受け止める。

宙に打ち上げられた俺をぐるりと囲み、五つの多角形が浮かんでいた。

「少し君は粘り過ぎだ。いい加減に死ね！」

同時に来られては回避の余地がない。

「時空魔法第十二階位《低速世界《スローワールド》》」

俺は下方へと魔法陣を展開した。これで下側から接近してくる多角形は動きが鈍くなり、他とはタイミングが噛み合わなくなる。同時にゾラスも下方にいるため、彼の魔法攻撃を牽制することができる。どの道《転移門《ゲート》》で対応されるだろうが、それでもワンアクション挟む必要が出てくるのは大きい。

俺は下方へ逃れて多角形の攻撃を凌《しの》ぐ。すぐ上で、複数の多角形が衝突する音が響いてくる。

予想通り、《転移門《ゲート》》で飛んだゾラスが襲来してくる。俺は飛び交う多角形の面を蹴って上へと逃れ、その後は別の面を蹴って左へと跳ぶ。

俺の動きに遅れ、ゾラスが《転移門《ゲート》》の連続使用で追い掛けてくる。俺もまた多角形を足場に、上下左右へ跳んで逃げる。その間に俺は《双心法》で二つの魔法陣を紡ぐ。

「二連《超重力爆弾《グラビバーン》》！」

これまでできなかったことも、一度成功してしまえば不思議とできるものだった。ゾラスには《転移門《ゲート》》で逃げられたが、爆発に呑まれた三つの多角形が消し飛んだ。

俺は多角形を蹴り、再び城の屋根の上に立った。

「これだけやっても、まるで当たる気配もしない……か」

あれだけ複雑な魔法を並行展開しているのだ。ずっと見ていれば、明らかに魔法の重複発動や細かい制御が必要になった際に、通常時に比べて反応が遅くなっているのがわかる。

ただ、俺程度の実力では、そこを突き切れそうにない。

「《超重力爆弾《グラビバーン》》の三重発動くらいはできないと駄目だな」

俺は呼吸を整える。これまでできなかった二重発動も、この土壇場で可能になったのだ。不可能ではないはずだ。

「しつこいって言ってるだろうが！　これ以上、雑魚に構ってる時間はないんだよ！　ちょっと話し相手になってやったら図に乗りやがって！　お前が頑張ったところで何にもならないんだよ！　とっとと諦めて消えろ！」

ゾラスが吠えながら、魔法陣をまた五つ展開する。

「どいつもこいつも、意志も情もなく、私欲と上位存在の意志でのみ動く操り人形ばかり！　流されるままの、穢《けが》れた愚民共の魂に何の価値がある！　こんな気色の悪い世界の一つや二つ、滅んだからなんだというのだ！」

多角形が、俺に狙いをつけて飛来してきた。俺は屋根を蹴って回避する。

「私はあと一歩で下位神になる！　そして私はあの豚共を出し抜いて、この不浄な連鎖の全てに終止符を打とうというのだ！　カナタ・カンバラ！　私の高尚な使命を、お前如きが邪魔をするな！」

ゾラスが展開した五つの魔法陣から、幾つもの不気味な口が姿を現す。

「本気かあいつ……！」

五つの魔法、全てが《亜次元鰐《ウルプレデター》》だ。ゼロの呪いの時間制限とやらが、かなり深刻なところまで来ているのだろう。相当な焦りが窺える。

「オオオオオオオオオオオオオ！」

「オオオオオオオオオオオオオ！」

「オオオオオオオオオオオオオ！」

「オオオオオオオオオオオオオ！」

「オオオオオオオオオオオオオ！」

五体の巨大な化け物が飛来してくる。屋根を喰らい、消し飛ばし、俺を追い掛けてくる。

「死ね、死ね死ね、とっとと死ね！」

俺は《低速世界《スローワールド》》の魔法を背後に撒《ま》いて、後ろから真っ直ぐ追ってくれば動きが遅くなるように仕向ける。それを利用して五体の化け物の合間を潜り、邪魔になった化け物を《超重力爆弾《グラビバーン》》で押し退けて凌いだ。

「何故……何故、倒れない……？　どうして、あの程度の……死にかけのニンゲン一人が、消しきれないのだ！」

ゾラスの額に脂汗が浮かび始めた。大分急《せ》いているようだ。

「俺一人なら一分で消せるっていうのは、とんだ大嘘だったみたいだな」

俺の言葉に、ゾラスは歯噛みした。

悪くない状況だ。ギリギリだが、俺は生き延び続けている。ゾラスが焦って大技を行使し続けていれば、どこかで俺に対して大きな隙を晒してくれることも期待ができる。

「……仕方ない。この魔法は、私が数千年の瞑想《めいそう》の果てに生み出したもの……まだ上位存在には見せたくなかったのだがな」

ゾラスがそう呟くと、彼の浮かべていた多角形や化け物が、空気に混ざるようにすうっと消えていった。ゾラスの身体が、空へと浮き上がる。

7

「……これ以上粘られていては、私までゼロの呪いの巻き添えになる。しかし……まさか君如きを相手にこれを使わせられるなんて、本当に思いもしなかったよ」

宙に浮かび上がったゾラスが俺を見下ろす。

「何をするつもりだ?」

「異世界は魔法がない代わりにそれ以外の技術が進んでいるそうだから、知っているかもしれないが……物質には、通常の手段では決してそれ以上分割できないという最小の単位が存在する」

耳にしたことくらいはある。原子や分子の話だろう。まさかロークロアの世界で、その概念に辿り着くような人間がいるとは、思いもしていなかったが。

「それが、どうしたと……」

「私は夥《おびただ》しい年月に及ぶ瞑想の内に、それらの概念へ辿り着き、そしてそれを束縛する鎖を解き放つ、究極の魔法へと行き着いた。物質の存在そのものを完全に消去し、膨大な熱量へと変換する」

「まさか、原子力!?」

そんなものまでゾラスは自在に扱えるというのか。そんなトンデモ魔法がこの場で実現されたら、どれだけの規模になるのか想像もつかない。

ゾラスが俺へと杖を向ける。避ける間もなく、俺を中心に巨大な魔法陣が展開された。

「時空魔法第二十五階位《太陽神の自壊《ホルスブレイク》》! 君の肉体そのものを用いて、神の炎を呼び出す! 私の魔法の初の被験者となる誇りを抱いて消し飛ぶがいい!」

複雑な魔法陣が、幾重にも重ねられて展開されていく。飛び回ろうとも振り切れない。完全に俺に照準が合わせられている。

「ここでそんなことをしたら、ゼロの呪いどころか、お前だって核爆発の巻き添えになるぞ！」

「ゼロの呪いは、あらゆる不浄な力を綯い交ぜにしたもの……発動すれば、私でも生き残れないだろう。だが、《太陽神の自壊《ホルスブレイク》》の炎であれば、私の《女神の空中庭園《ミューズ・ガーデン》》を越えては届かないのだよ」

だったら、本体を叩いて魔法を中断させるしかない。

ゾラスは魔法陣を紡ぐのに集中している。今ならば俺の魔法攻撃が届きえるかもしれない。

「二連《超重力爆弾《グラビバーン》》！」

ゾラスを囲むように、二発の《超重力爆弾《グラビバーン》》をお見舞いする。だが、ゾラスは《転移門《ゲート》》の連続使用で飛び回り、あっさりとこちらの攻撃を回避した。まるで慌てる様子もない。

「こっちはゆっくり《太陽神の自壊《ホルスブレイク》》の魔法陣を紡ぐだけでいいんだ。さっきまでのように、趣向を凝らしながら君を追い回す必要はない。君の魔法を回避するなんて、あまりにも容易いことだ」

どんどんと魔法陣の層が増えていき、複雑さが増していく。

もう、止められない。《太陽神の自壊《ホルスブレイク》》の爆発は、一体どれだけの威力になることだろうか。

王都の状況は、度々視界に入るため、概《おお》ね把《つか》めている。ヴェランタが塔に抱えていた大量のゴーレムを動員して救助活動に当たっていたが、そのゴーレムの救助活動が段々縮小しつつある。避難民の姿も見えないため、避難の方は概ね片付いたのではなかろうか。

動いても振り切れないと判断したため、俺は動くのを止めた。ゾラスを睨み、俺は魔法陣を紡ぐ。

「へえ、まだ諦めていないのかい？」

今は撃たない。どうせ当たらないのはわかり切っている。

戦闘中、散々ゾラスを観察して、ずっと隙を窺い続けてきた。ゾラスの隙が最も大きくなるのは、大技を発動した、その直後だ。奴が決定的な隙を晒す、その刹那を狙って重力魔法を叩き込む。

《太陽神の自壊《ホルスブレイク》》の発動を止めることは諦める。

「さようならだ、異世界転移者カナタ・カンバラ」

俺の身体が、内側から溶かされるような感覚を味わった。その瞬間、轟音と共に、聴覚が断たれる。視界が白に包まれたかと思えば、それは無へと変わった。明確に、自分の命が抜け落ちていくのを俺は感じ取った。


「ハハハ、想定通りの凄《すさ》まじい威力だ。王都がまとめて廃墟《はいきょ》と化すとは！　相当近くにはいたはずだが、あの不死者の娘はこの程度でくたばりはしてくれないだろう。このくだらない全てを終わらせるために、最後の一仕事に向かうとしようか！」

俺の頭上に、ゾラスが浮かんでいる。

俺は震える腕を掲げ、空へと剣を突き上げる。

そして一度死ぬ前から準備していた魔法陣を発動する。

「《超重力爆弾《グラビバーン》》！」

完全に無防備だったゾラスの身体を、ついに《超重力爆弾《グラビバーン》》が捉えた。

「があっ！　何、が……！」

暴縮と爆発に巻き込まれたゾラスは、何が起きたか理解できないまま、血塗れで俺の許へと落下してくる。《女神の空中庭園《ミューズ・ガーデン》》の魔法陣が維持できなくなり、消えていた。

俺は最後の力を振り絞り、ゾラスの胸部に斬りつける。ゾラスは胸から血を噴き出し、その場へと崩れ落ちた。

「何故……生きている……？　有り得ない、こんな……。ここで、終わるのか？　私は、私は……まだ、何も成し遂げていないというのに……」

ゾラスが呆然《ぼうぜん》と呟く。

俺の指からするりと、壊れた蛇の指輪が落ちた。

【ウロボロスの輪】《価値：神話級》

古代に、大陸全土を黒き炎で焼き払った双頭の巨大蛇の成れの果て。

不死であったため、石化と縮小化の呪いを受けて、現在の姿となった。

今なお、石の内部は不死の大蛇の呪念に溢れている。

装備者が息絶えた際、魔力を消耗して蘇生《そせい》する。

ルナエールからもらったアイテムの一つである。《地獄の穴《コキュートス》》での修行時代からの相棒だったが、

至近距離の《太陽神の自壊《ホルスブレイク》》には耐えきれなかったようだ。

ただ、最後に、俺の身体が最低限動ける程度には回復していってくれた。《魔法袋》に入れていたアイテムも全滅である。《英雄剣ギルガメッシュ》だけは無事でよかった。

ここでゾラスを倒せなければ、もう二度とこんな隙を見せてはくれなかったはずだ。

この作戦で一番ネックなのは《ウロボロスの輪》の発動後、俺が魔法陣を維持できるかどうかにあった。俺は《太陽神の自壊《ホルスブレイク》》の一撃を身体で受けてから、油断したゾラスを攻撃する必要があった。発動の瞬間も隙にはなるだろうが、警戒されて当たり前だからだ。

しかし、《ウロボロスの輪》は一度完全に意識が途切れる。意志の力だけで素早く自我を取り戻し、魔法陣を維持して素早く攻撃に移る必要があった。無論、そんなこと試したこともないし、無茶苦茶な賭けだった。だが、それ以外に手はなかった。

俺は《ウロボロスの輪》を拾い上げようとしたが、灰色の砂になって砕け散ってしまった。

「大事な、ルナエールさんとの想い出の指輪だったんですがね」

8 ―ゾラス―

太古のロークロアは、世界のバランス調整のノウハウが十全ではなかった。そのため派手な魔物災害が起きる度に、ロークロアは世界崩壊間際へと追い込まれることになっていた。極端に高いレ

ベルの戦力を有する組織が各地に点在しており、国間のパワーバランスといったものも非常に不安定であった。

この混沌《こんとん》の世界において、如何にして国の情勢を安定させればいいのか。求められたのは、強く、そして代替わりの必要のない、不老の王であった。

ロダコフ王国は国を挙げて、禁忌とされる死霊魔法の研究を行った。研究が一段落ついて誰を不死者にするべきかとなったとき、末の王子であり病弱で先が短いとされていたゾラスに白羽の矢が立った。

かくしてロダコフ王国の不死王となったゾラスは、その後四百年に渡って王として君臨し続けることになる。

しかし、その実態は王とは言い難いものであった。ゾラスは王というよりは、兵器という側面が大きかった。四百歳を越えたゾラスのレベルは七百にまで達しており、これは小国の戦力を丸ごと一人で相手取っても勝利できる程の力であった。そのため通常の人間として扱われることはなく、国内では神のように崇められていた。

政治においても、ゾラスとは別に王国の首脳十人が集まって王国の今後を決定する賢人会議が存在していた。ゾラスが政治に関与する余地はほとんどなく、決定に対して形式的に署名を行うことくらいであった。

そして四百年の内に、ロークロアの混沌の時代は一応の落ち着きを見せており、王国はゾラスという絶対的な個の存在を持て余し始めつつあった。ゾラスの正体が多大な犠牲を払って生み落とされた不死者であるという不都合な事実は伏せられ、神の寵愛《ちょうあい》を受けて不老となった神人として称賛されていた。

ゾラス本人も、長すぎる寿命のために、自身の人生に飽いていた。ゾラスの身に何か起これば王国の危機であるため、当然彼に自由もなかった。不死者であるため子を残すこともできず、対等な存在のただ一人もいない。自身の生まれ落ちた役目はもうとうに果たしており、王座に座ってぼんやりと一日を終えることも珍しくなかった。その在り方は、まるで埃《ほこり》を被った兵器のようであった。戯れに魔法の探求を行うことはあったが、それも彼の心を癒してくれるものではなかった。

「ああ、私の止まった時間を動かしてくれる者は現れぬものか」

王座に座るゾラスが、ぽつりと寂しげにそう漏らす。

「お言葉ですが、王の力が必要なときは王国の有事の際です。聡明で偉大な王にわたくしめ如きが意見するなど畏れ多きことと存じておりますが、わたくしめとしては、王には安寧を求めていただきたい。この王国は既に栄華を極めており、変わる必要はないかと」

宰相の男、フドルフが膝をつき、ゾラスへとそう口にする。フドルフは優美な灰色の巻き髪の、壮年の男であった。賢人会議の議長を務めており、ゾラスがお飾りの王だとすれば、実質的な王はフドルフだともいえる。また、フドルフは王宮魔術師団の顧問でもあった。

「生真面目な男だ。お前はそう答えるだろうな」

ゾラスは溜め息交じりに応える。

ある日、王宮内にて事件が起こった。王宮にやってきた小国の王が、貢ぎ物にハイエルフの童女の奴隷を連れてきたのである。

ハイエルフは通常天空の国におり、地上には降りてこない。傾向として人間よりも高い魔法の素養を有し、精霊から愛されるという特徴があった。

文化のすれ違いがあったのだ。相手の国では魔法を操れる希少種族の奴隷はさぞ喜ばれるだろうと考えていたが、ロダコフ王国では奴隷など身分の低い、賤《いや》しい者が扱うものだというのが常識であった。如何に稀少なハイエルフの奴隷とはいえ、それを神人と呼ばれる王に献上するなど、侮辱と取られても文句は言えない。

ただ、こんなことでくだらない諍《いさか》いを起こしても仕方がないと考えたゾラスは、趣味の魔法の探求に役立つと考えての贈り物として快く受け取り、荒ぶる面倒な家臣を宥めてその場を鎮めた。

問題なのは、建前としてでもそう言ってしまった以上、実際彼女を傍に置いておく必要が出てきたということである。

ひとまず教育係を付けて王宮内に置いておこうという話になった際に、ふとゾラスは気紛れを起こした。

「稀少なハイエルフ故、引き受けたからには使い物になるようにせねばな。この者への指南はこの私が自ら行おう」

フドルフは顔を真っ青にして反対した。

そもそもが、人間とハイエルフの関係自体が良好ではなかった。大きな争いが起きないのは、ハイエルフが人の住む地上とは遠く離れた、天空の国に住まうがためであった。

そしてそのハイエルフの童女エルシィもまた、人間を酷《ひど》く恨んでいた。彼女は親の罪で天空の国を追われたハイエルフであり、地上に降りてから奴隷狩りの襲撃に遭って今に至る。このまま王の傍においても、何をしでかすかわかったものではないと、王宮内にはそう考える者が多かった。

それでもゾラスは強行してエルシィの指南役となった。元々名ばかりの形骸化した王で、暇を持て余していたのだ。

当初はゾラスに対しても態度が悪く、家臣をパニックに陥らせていたエルシィであったが、ゾラスに害意がないことがわかり、彼の人柄に触れていく内に、段々と打ち解けていった。

「王様！　このエルシィ、第三階位の魔法を使えるようになりました！」

「うむ、よくやったぞ。それでこそこの私の弟子として相応《ふさわ》しい」

できることが増える度、嬉しそうに報告するエルシィ。ゾラスは彼女の頭を撫でて、褒めてやるのが日課になっていた。

いつの間にか、ゾラスにとって、エルシィが唯一自然体で接してくれる相手となっていた。

ゾラスは元々末の王子であり、病弱で誰にも期待されていなかった。ようやく役目が与えられたかと思えば、怪しげな儀式で不死者とされ、まるで人間ではない神かのように扱われてきた。ゾラスにとって、人から向けられた感情など、無関心か崇拝か畏怖の他になかった。数百年を生きてきた不死者の、初めて知った親愛であった。

ゾラスはエルシィと接するときは、まるで自分に子供ができたかのような気持ちになっていた。遠い過去の王であった親が自分に愛情を向けてくれていたらどう接してくれていただろうかと思い浮かべながら、エルシィへの接し方を考えていた。

勘違いのようなものから王宮に迎え入れることになったハイエルフの少女が、不思議とロダコフ王国の絶対的な王の心を癒していた。


——エルシィがやってきてから三年が経ち、彼女は八歳となった。このとき、既に彼女は魔法の才覚を現し始めて来ていた。

あるとき、エルシィが嬉しそうにゾラスの許を訪れた。

「ドラゴンの思念波を応用して、離れた特定の相手に言葉を伝える魔法を作りました！」

「おお、本当なら凄いことだ。君は実に聡明だねエルシィ」

ゾラスの言葉に、エルシィが得意げに笑みを浮かべる。

「結界魔法第五階位《竜思念《ドラゴトーカー》》！」

早速実践して見せようとしたエルシィが魔法陣を展開させる。エルシィの思念が、ゾラスへと入ってくる。

『る……りぁ、れ……あり……が、が……』

……ただし、入ってきた思念は、ぶつぶつに途切れた断片的なものだった。

「……なるほど、ちょっと精度に難があるようだね」

「日頃の感謝……王様に、私の魔法で、伝えたかったのに……」

エルシィが泣きそうな顔をする。

「い、いや、しかし、相手に伝わらない、ということはない！　凄い魔法だ！　それに、エルシィの気持ちが、言葉以上に伝わってきた！……ような、気がしないでもない」

「本当？　王様！」

エルシィが表情を輝かせる。

「あ、ああ、本当だとも。少なくとも、そんな気がしたということは」

しかし、八歳ながらに独創的な魔法を開発したという事実には変わりない。ハイエルフは早熟だとは聞いていたが、それでも異例の才能だとゾラスは感じた。エルシィが大きくなるのを、ゾラスは心から楽しみにしていた。

——エルシィがやってきてから七年が経ち、彼女は十二歳となった。このとき彼女は、王宮の錬金術師団でも一目置かれる存在となっていた。

「王様……私、王様がいるこの世界が大好きです！」

エルシィは王宮の中で別に居場所がなかったわけではないが、それでも師であり恩人であるゾラスにべったりとくっ付いていた。

「ああ、私も同じ気持ちだよエルシィ。この私に家族のような存在ができるときがくるなんて、ずっと思いもしなかった」

「そ、そそ、それは、お嫁さんということですか!? そんな、私には畏れ多いです！」

「……いや、娘としてね」

エルシィががっくり肩を落とす。

「そもそも私は妻は娶《めと》れないんだよ。体質として子供が生まれないのもそうだが、王国法で古くから決まっていてね」

ゾラスは他人事《ひとごと》のようにそう語る。ロダコフ王国の政治体制は複雑であり、不老の王であるゾラスが妻や養子を持つことを、過去の賢人会議の面子が嫌がったのである。王宮が乱れる原因になりかねないとして、神に近しい身である王は親族を持つべきではないと、王国法で定められているのだ。

――エルシィがやってきてから十年が経ち、彼女は十五歳となった。かつては童女に過ぎなかったエルシィも、美しいハイエルフの少女へと育っていた。魔法の腕も、ゾラスには遠く及ばないまでも、王宮魔術師団に肩を並べる程のものであった。

そのとき、王国東部の大森林に、恐ろしい鬼の魔王が棲《す》みついたことが問題となっていた。周辺諸侯が兵を送ったが手も足も出ず、この先さらに力を付けることが危惧され、ゾラスが騎士十名と共に魔王討伐に動くことになった。

「私一人の方が気楽なのだがね」

ゾラスはうんざりしたようにそう口にした。自分一人であれば、国の端までいって魔王を倒して帰ってくる程度、半日で終えることができる。

それをわざわざ騎士十名を引き連れていくから、移動の準備やら周辺諸侯への説明やらが必要になる。彼らの移動速度に合わせるために移動だけでも四日は掛かる。その間にも被害が拡大していることを思えば、これほど馬鹿げた話はない。

「これではエルシィと戯れる時間が減るではないか」

「王よ、ご理解くだされ。我々は、神聖な身の王を、単身で送り出すような真似《まね》はできませぬ」

宰相のフドルフが、ゾラスへ膝をついてそう言った。

「ああ、わかっているともさ」

ゾラスは疲れたように息を吐く。

「王様、ご無事をお祈りしております」

エルシィがゾラスへと跪《ひざまず》く。この歳になれば、さすがにエルシィも、ゾラスに対して馴れ馴れしく接するようなことはなかった。

「当たり前だろう、エルシィよ。この私より強い者など、この世界にはいないのだからな」

だが、この魔王討伐に、ゾラスは想定を遥かに超える苦戦を強いられることになった。魔王は想定よりレベルが高く、また高度な知能を有していた。そしてそれだけに留まらず、何故かゾラスの情報を何者かから得ていたのだ。加えて肝心な戦闘時、ゾラスは不調で上手く魔法陣を紡げなかった。

どうにか勝利はしたものの、ゾラスは相当な消耗を強いられることになった。連れている騎士も、最初の半数以下となっていた。

「……私が不甲斐《ふがい》ないばかりに、このような結果になってしまった。たかだか自然発生した怪物相手に辛酸を嘗めさせられて、何が神人、何が王国の守護神か」

生き残った騎士達と広大な森を歩む道中、ゾラスはそう口にした。

「王よ……申し訳ございません。全ては、あなた様の責任などではないのです」

重傷を負って運ばれている騎士が、呻きながらそう口にする。

「何を言うか。私にもっと力があれば、お前達をこのような目に遭わせることはなかった」

「全ては、計画されていたことだったのです。申し訳ございません……賢人会議には、宰相様には逆らえないのです」

「おい、何を言っている？　まるで意味がわからんが……」

そのとき、地面に大きな魔法陣が浮かび上がった。結界魔法の類である。どうやら広域に渡って、この森自体に仕掛けられていたもののようであった。

魔法に詳しいゾラスには、すぐにそれが何かわかった。特定の波長の相手の魔力を浪費させる結界である。そしてそれは、自分に向けて設定されていた。

「まさか……私がこの森に来てから不調だったのは……」

ゾラスが蒼褪《あおざ》める。

森の闇より、無数の足音が近づく。姿を現したのは、王宮魔術師団を引き連れたフドルフであった。

「おおっと、抵抗しようとはしないでくださいよ、王よ」

フドルフが笑い声を上げる。

王宮魔術師の一人が、エルシィの頭に杖を突きつけていた。エルシィは既に散々拷問を受けた後と見えて、彼女の身体は傷だらけであった。手枷《てかせ》を嵌められており、口は布で縛って声を発しないようにされている。明らかに彼女を連れてきたのは、ゾラスに対する人質であった。

「エルシィ！　何のつもりだ、フドルフ！　彼女にこのような真似をして、ただで済むと思うなよ！」

「ご自身もとっくにお気づきでしょうに。ロダコフ王国には、あなたのような化け物の兵器はもう必要ないのです。混沌の時代の生み落とした忌み子には、混沌へ帰ってもらわねばならない」

ゾラスに同行していた騎士達も、その言葉でゾラスへ剣を向ける。元々彼らは、ゾラスの行動を縛り、誘導し、足を引っ張るためだけに今回の任務に選ばれたのだ。

「死なない、馬鹿げた力を持った個人など、もはや王国にとってリスクでしかないのですよ。アンデッドのなり損ないが統治する、歪んだ時代はこれでお終いというわけです。錆《さ》びれた兵器としてゆっくり朽ちていくならばまだ放置できたものを、拾った長耳の奴隷に情を抱くとは。あなたは自我を持たない、人形でなければならなかったというのに」

フドルフが言葉を続ける。

「既に王国中にあなたの正体を周知する手筈は整っている。あなたは王国に巣食う人喰《ひとく》いの不死者で、魔王と手を組んで国を滅ぼそうとした。それをこの私が討伐したという筋書きです。もはや賢人会議も解体する。ロダコフ王国は、完全に私のものとなるのですよ。死霊魔法の研究のために死体の山を築いた、かつての王家の後ろ暗い歴史の数々が、私の言葉の裏付けとなるでしょう！」

フドルフが言い終えると同時に、王宮魔術師達がゾラス目掛けて魔法の球を放ち始めた。

避けたり反撃したりすれば、抵抗と見做《みな》されてエルシィは殺される。ゾラスはただその場に立って、己の身体で魔法の球を受け止めた。

何十という魔弾を受け、ゾラスは血塗れでその場に倒れることとなった。だが、それでもまだ意識を辛うじて保っていた。

「チッ、まだ息があるのか。ここまで頑丈とは末恐ろしい化け物だ。おい、お前も手伝え、まだ魔力があるだろうに」

処刑された
最強は蘇り、
再び最強に
返り咲く!!
文庫注目作
反逆者として王国で処刑された隠れ最強騎士1
蘇った真の実力者は帝国ルートで英雄となる
著：相模優斗　イラスト：GreeN

臆病な
最強魔女の
「何でも屋」
ライフ
スタート！
ノベルス注目作
暁の魔女レイシーは自由に生きたい1
～魔王討伐を終えたので、のんびりお店を開きます～
著：雨傘ヒョウゴ　イラスト：京一

「はっ！」

フドルフに呼ばれ、エルシィを押さえていた魔術師が顔を上げた。

そのときだった。エルシィは魔術師の手から逃れて駆け出した。

「おい、早くその長耳を捕まえろ！」

フドルフが叫ぶ。すぐに魔術師がエルシィを囲んだが、彼女は勢いを付けて地面へ倒れ込み、近くにあった岩へと頭を打ち付けた。夥しい量の血が溢れ、彼女の身体が痙攣する。

「エルシィ……？」

ゾラスは呆然とエルシィの名前を呟く。

自害であった。人質にされた彼女の、最期の抵抗であった。

「どうせ殺すつもりだったが、面倒なことを。まあ、いい。どうせその男に、もう抵抗する力も気力もない。すぐトドメを刺せ。そろそろ近づいて首を刎《は》ねてやれ」

そのとき、ゾラスの頭に、思念が届いてきた。

『王様……どうか、私の恨みを晴らしてください。この世界は、あまりに悪意に満ちています』

死にゆくエルシィの最期の言葉であった。弱々しいものだったが、その言葉はゾラスの頭に鮮明に響き渡った。

ゾラスは目を見開く。エルシィの作り出した魔法、ドラゴンの思念波を模した《竜思念《ドラゴトーカー》》だった。

騎士が剣を構え、ゾラスへと近づいていく。ゾラスはゆらりと起き上がると、素早く手にした杖を振るい、近づいてきた男の頭部を砕いた。

「まだ……死ねない」

「チッ、まだ動けたのか！　早く殺せ！　一気に掛かれ！」

フドルフが叫ぶ。

騎士達が斬りかかり、魔術師は魔弾を放った。ゾラスは素早く刃を避け、土で防壁を作って魔弾を弾き、炎を放って焼き払った。一人、また一人と倒れていき、残ったのはフドルフただ一人であった。

「馬鹿な、有り得ん……。毒を盛らせ、結界で魔力を抜き、魔王をぶつけて負傷させて、それでもこの有様だというのか……？」

フドルフがふらふらと後退する。ゾラスは倒れているエルシィへと目線を落とした後、すぐにフドルフへと視線を戻した。

「お、落ち着くのです、王よ！　私も、唆されただけなのです！　王宮に黒幕がおります！　私の全ての罪を告白いたしましょう！　そ、それに、既にあなたは、国に災禍を齎す不死者として仕立て上げられている！　もはやこの国にあなたの居場所などないのです！　ですが、私が尽力すれば……！」

「死霊魔法第十階位《死の体現《デス》》」

ゾラスが杖を構え、魔法陣を展開する。

紫の光に象られた、髑髏《どくろ》頭の死神が現れる。死神は一直線にフドルフへと向かっていった。

フドルフは悲鳴を上げながら死神から逃れようとしたが、すぐに捕まった。その途端、身体が刹那の内に百年経過したように朽ち果て、灰となって崩れ去っていった。

戦いが終わった。ゾラスはエルシィの亡骸《なきがら》を抱き上げた。彼女の指先に目がいった。白くて細長く、綺麗だった彼女の指は、爪が剝がされ、その上から鎚《つち》のようなもので叩き潰されたらしく、歪に折れ曲がっていた。

『王様……どうか、私の恨みを晴らしてください。この世界は、あまりに悪意に満ちています』

ゾラスの頭の中で、エルシィの最期の言葉が響く。

「エルシィ……この世界を、君への手向けに捧《ささ》げよう」

死体だらけの暗い森の中で一人、ゾラスはそう呟いた。

9

俺は息を荒らげながら、倒れているゾラスを見下ろす。

本当に、ゾラスに勝てたのは奇跡としか言いようがない。自分でもまだ、あんな状態から勝てたというのが信じきれなかった。百回戦えば、九十九回は俺が殺されて終わるだろう。

俺は抉れたままの左肩を押さえ、深く息を吐きだした。

《ウロボロスの輪》は死ぬ直前の肉体を再現してくれるだけだ。あくまで命を繋ぎ止めるためのアイテムであり、回復のアイテムではない。《超重力爆弾《グラビバーン》》で吹き飛ばした腕はそのままになってしまった。

霊薬の類も全て《太陽神の自壊《ホルスブレイク》》の爆発で蒸発してしまったため、アイテムを用いての再生もできない。ルナエールに治してもらう他ないだろう。

俺は王都へと目を向ける。

優雅な街並みは、《太陽神の自壊《ホルスブレイク》》の爆風ですっかり廃墟へと変わり果ててしまっていた。空にはまだカオスドラゴン達が飛び交っているのが見える。

逃げ遅れた住民達はいなかったのだろうか。救難活動に当たっていたポメラ達は無事だろうか。爆心地ならばいざ知らず、彼らがいた場所とは距離が開いているはずだ。最も低い者でもレベル千近くはあった彼らであれば、無事だったはずだとは思いたいが……。

そのとき、崩れた城の跡に立つ、ルナエールの姿が見えた。ルナエールの目前には、空間の歪のようなものが存在している。

歪からは黒い靄が触手のように伸びており、それらによって一人の少年が宙へと固定されていた。状況からして、あの少年が呪いの媒介にされているゼロなのだろうと察した。

ひとまずルナエールは無事だったらしいと安堵したが、彼女の手に握った短剣の刃が、彼女自身へと向けられているのが見えた。それだけでも不穏な状況だったが、そのルナエールが思い詰めた表情を浮かべていたのが俺の不安を助長させた。彼女の様子から、何かおかしな、よくないことが起きているらしいと俺は察した。

「ルナエールさん！」

俺はルナエールの名前を呼び、彼女の許へと跳んで大慌てで駆け寄る。すぐさまルナエールの、短剣を握っている手を押さえた。

「カナタ……！」

ルナエールは我に返ったように、はっとした表情を浮かべる。

「ゾラスは無事に倒しました。その、何を……しようとしていたんですか？」

ルナエールは俺に問われて弱々しく目線を逸らしたが、その後覚悟を決めたように、真剣な表情を浮かべた。

「……聞いてください、カナタ。このままではすぐにゼロの呪いが完全な形で発動して、この世界を滅ぼしてしまいます。私は知恵を絞りましたが、この場で今すぐ行えるゼロの呪いへの対抗策は、一つしか浮かびませんでした」

「その一つ、というのは……」

「強い呪いをぶつけて相殺して、ゼロの呪いを消し去ることです。しかし、ゼロはロークロアの存在してはならない力を投棄され続け、それらが綯い交ぜになった呪いの掃《は》き溜《だ》めです。ゾラスに強引に書き換えられたことで消耗し、カオスドラゴンとして吐き出したことで幾らか分散しているようですが……それでも、並大抵の呪いでは相殺することはできません」

ルナエールはそこまで説明すると、自身の胸部へと手を置いた。

「生者と相反する《冥府の穢れ》を纏い……世界最高のレベルを持つこの私の魂を用いれば、ゼロに匹敵する呪いを発動することができるはずです。何度も考えましたが、それ以外に手はありません」

ルナエールの言葉を聞いて、頭の中が真っ白になった。

「そんな……それ以外に、何かあるはずです！　そうだ！　高レベルの存在の者が必要なら、鏡の悪魔でも、カオスドラゴンでも……！」

ルナエールが首を振る。

「呪いの完全な相殺を行うには、呪いそのものが意志を持って、対抗する呪いにぶつかる必要があります。それ以外にも細かい制御が不可欠です。ただレベルの高い魂の寄せ集めの呪いを作ったとしても、それを用いてゼロの呪いと相殺させることはできません」

「それでも、それでも、他に何か……！」

頭では理解している。聡明で、ロークロア史上で考えてもトップクラスに入るレベルと魔法の知識を有するルナエールが、他に手段はないと断言しているのだ。第一、もう時間がない。俺が思い付きで何か口にしたとしても、そんなものに何の意味もない。それにゼロの呪いでロークロアが消滅するのであれば、どの道ルナエールの生存は不可能なのだ。

頭では理解している。だが、そんなものは受け入れられない。

「ヴェランタさんに相談しましょう！　あの人ならば、別の視点の考えを持っているかもしれない！　それに彼の塔には、世界有数のレベルの持ち主が何人も集まっているはずです！　今からでも他の人達の知恵を借りましょう！」

俺の言葉に対し、やはりルナエールは首を振る。

「時間がもうありません。それに私は不死者ですから、死霊魔法には詳しいんです。他に方法はないと断言できますし、私以上に詳しい人がいるとも思えません。この方法だって、幾つも厳密な調整が必要になる上に、一回きりの勝負になる……成功するかどうかは、五分五分かもしれません。それでも、可能性があるのは、この方法だけなんです」

「しかし……ですが……俺は、ルナエールさんに、こんなところで死んでほしくありません。それも、呪いとしてだなんて……」

自然と、目の縁から涙が滲《にじ》んできた。世界崩壊の瀬戸際に追い詰められて、俺の口を衝《つ》いて出たのは、何の解決策にもならない、ただの拙い感情論だった。

そのとき、背後から気配がした。俺とルナエールは、同時に身構えて振り返る。

視線の先には、血塗れのゾラスが立っていた。胸部の切り傷を押さえながら、俺を睨みつける。

「カナタ・カンバラ！　英雄剣の一撃は、よく効いたぞ……！　だが、詰めが甘かったな！　ルナエールの様子を見るや、私を放置して飛び出すとは！」

「まだ生きていたのか！」

ゾラスの様子は、先とは異なっていた。白眼《しろめ》が黒く染まり、彼の纏っていた《冥府の穢れ》が、先よりも濃くなっている。

「死霊魔法第二十三階位《死者の妄執《オブセッション》》……魔力は嵩《かさ》むが、己自身の死を打ち消すことができる！　命に保険があるのが、自分だけだと思わないことだ！　もっとも、この忠告を活《い》かす機会は二度とないだろうがな……！」

俺は唇を噛み、ゾラスを睨む。

ルナエールの様子を見て一目散に駆け出してきてしまったため、ゾラスの確認が甘かったようだ。冷静さを欠いて、この場にゾラスを引き連れてきてしまった。

ただ、強引な蘇生の代償に、彼に魔力がほとんど残されていないのは確かなようだ。傷ついた身体の回復さえまともにできていないのがその証である。

「悪足掻《わるあが》きだ。今更俺達二人を相手に勝てると思っているのか？」

「肉体の損傷を回復しなかったのは、君達を殺す魔力を残すためだ。それに……ずっと言っているだろう？　悪足掻きをしているのは君達の方だとね！　仮に私を殺そうが、ゼロの呪いは止まらない！　ゼロの呪いを止めようが、上位存在がこの世界を残す選択を取ることはない！」

ゾラスは悪意に満ちた笑みを浮かべる。

「君達の会話……聞こえていたよ。自身の魂で呪いを発動して、ゼロの呪いと相殺して止めるぅ……？　私にはそれは、とても無謀なことに思えるがね！　五分五分と言っていたが、九割方は犬死だろうね！」

九割方は、犬死……。ルナエールの方へ目を向ける。彼女は苦悶《くもん》の表情を浮かべ、目を伏せた。

それだけ無駄死にの可能性が高いのならば、それしか可能性がないとしても、やはり俺はルナエールにそんな選択をさせられない。ルナエールは成功の目が低いというのは知った上で、俺に止められたくないがために伏せるつもりだったようだ。

「不死者ルナエール、君の歪んだ全体主義には、私も失笑を禁じ得ないよ！　大陸の平和のためと命を落とし、母親のためとアンデッドへ身を堕とし！　人に裏切られれば、誰も傷付けぬために奈落の底へ自身を幽閉する道を選んだ！　そして果てには世界のためと、自身の魂を呪いに換え、尽きぬ永劫の苦しみの道を歩もうというのか！　ゴブリンでも懲りるというものだが、人より長く生きた不死者がそれを学ばんとは！　ほとほと理解に苦しむというものだ！」

ゾラスは通常時の理知的で飄々とした態度を完全に崩し、大口を開いて舌を突き出し、ルナエールを嘲笑する。その表情には剝《む》き出しの悪意があった。彼女を貶《おとし》めるのが、楽しくて堪《たま》らないというふうだった。

「それ以上、その薄汚い口を開くな。彼女への侮辱は、俺が許さない」

俺は剣を抜いて、ゾラスへと向ける。

「……あなたが何を思って私にしつこく食って掛かっていたのか、ようやくわかりました。あなたは勝手に、自分の過去と私の過去を重ねている。だから、正反対の考えを持っている私が許せないんですね。あなたがその表情を見せるのは、私の過去に触れたときだけでしたから」

ルナエールがゾラスへとそう言った。瞬間ゾラスの表情が凍り付いたが、すぐにその顔が怒気を帯びた。

「ほう、さすがに自身がちぐはぐな行動を取っている自覚はあったようだ。ルナエール、君は本来こちら側に立つべきだろうに。上位存在を恨むべきであって、このロークロアを恨むべきではないとでも考えているのか？　そんなわけがあるまい！　この世界の不浄な土壌も、そこに生きる愚民共の在り方も、全ては上位存在の創ったものなのだというのに！　ロークロアに裏切られた我々には、この滑稽な人形劇の幕を下ろす使命があるはずだ！」

ゾラスが叫ぶ。怒っているような、泣いているような声色だった。

ゾラスが妙にルナエールに対して拘《こだわ》りを見せているのは感じ取っていた。しかし、まさかゾラスが、ルナエールと自身を重ねていたとは思わなかった。

「私は人生を捧げて繁栄させてきた王国に愛する者を奪われ、自身の地位を追われ、呪われた罪人だと迫害を受けた。上位存在の誘導に踊らされるばかりの愚民共にな！　私はこのロークロアを、そして上位存在共を、エルシィへの手向けとして捧げる！　その半ばで朽ち果てるわけにはいかない！　踊らされ利用され、考えることを放棄して、善人を気取ったまま死んでいくがいい！」

ゾラスが俺達へと杖を向けた。

既にゾラスは瀕死《ひんし》の重傷のはずだ。死霊魔法を用いた強引な蘇生で更に魔力と魂を擦り減らしている。気力だけで、自身の妄執を果たすためだけにここに立っている。

「私はあなたとは違いますよ、ゾラス。私の過去は、私が禁忌に手を染めたことが原因です」

ルナエールはそう言って、ゾラスを睨みつける。ゾラスはその視線を受けて鼻で笑った。

「この期に及んで、綺麗なだけの世迷言《よまいごと》を！」

ゾラスが魔法陣を紡ぐ。

同時にルナエールも魔法陣を紡ぎ、俺は前へと跳び出した。

戦いは一瞬で決した。

ゾラスが《亜次元鱓《ウルプレデター》》によって俺達へと放った化け物は、ルナエールの《超重力爆弾《グラビバーン》》によって搔き消された。ゾラスの魔法発動の間にできた隙に、俺が袈裟《けさ》斬りに斬撃を浴びせた。

やはり悪足搔きに過ぎなかった。ゾラスにはもう、充分に戦うだけの力が残されてはいなかったのだ。

ゾラスが崩れ落ち、地面へと膝を突く。

「私は、私はまだ、消えるわけにはいかない……。ロークロアを……そして上位存在共を、彼女の手向けに捧げるまでは……！」

ゾラスは地面に突っ伏したまま怨嗟《えんさ》の声を上げる。

ルナエールは、憐れむように彼を見下ろしていた。

10　―ゾラス―

カナタの振るった刃に倒れたゾラスは、その場で崩れ落ちて膝を突き、地面に伏した。

もはやゾラスは戦える状態ではない。彼がカナタとルナエールを直接殺して生還し、下位神になるという望みは断たれた。

しかし、それでも彼は、諦めるわけにはいかなかった。

『王様……どうか、私の恨みを晴らしてください。この世界は、あまりに悪意に満ちています』

エルシィの最期の言葉を思い返す。あのとき頭に響いた彼女の思念は、何千年経とうとも鮮明に思い出すことができた。

彼女の恨みを晴らさなければならない。そのためには、ロークロアの全生命を呪いに沈めるだけでは足りないのだ。穢れた世界を戯れに生み出した上位存在にも、全てを生み出したツケを払わせなければならない。

「私は、私はまだ、消えるわけにはいかない……。ロークロアを……そして上位存在共を、彼女の手向けに捧げるまでは……！」

ゾラスが力を振り絞って顔を上げれば、憐れむように彼を見下ろす、ルナエールと目が合った。

「……私がこの世界を恨んだことがなかったといえば嘘になるでしょう。それでも私は、この世界が好きです。愛するカナタがこの世界にいてくれるだけで、私はこの世界を愛せます。その世界を、カナタを守るためでしたら、私の命程度、今更惜しくはありません。残された側のあなたには、理解できないのかもしれませんがね」

ルナエールはゾラスへとそう言った。

ゾラスの頭に、かつてのエルシィとの想い出が過った。

『王様……私、王様がいるこの世界が大好きです！』

エルシィもまた、かつてはこの世界を、ロークロアを愛していた。そして奇《く》しくも、その理由はルナエールと同種のものであった。

だが、しかし、それはエルシィが、あの惨劇が起こる遥か前に口にしたことに過ぎない。エルシィは最期には、ロークロアの世界を恨んでいた。

「彼女の心を……お前が語るな」

ルナエールの言い草では、まるで犠牲になった側は恨んでいないはずだ、とでも言いたげな様子だ。ルナエールが、エルシィの何を知っているというのか。今なお知ったように綺麗事《きれいごと》を押し付けてくるルナエールに、ゾラスは辟易《へきえき》した。

「その方は、本当にあなたに一万年の責め苦を味わわせてまで、ロークロアを呪うことを願ったのですか？　私にはあなたの言動は、ただやり場のない感情の捌《は》け口《ぐち》を求めているようにしか見えません」

ゾラスの頭に血が上った。エルシィのことを馬鹿にされたように感じたからだ。正に彼女は最期に、ゾラスにロークロアを呪うことを願ったのだ。それが間違いであるはずがない。

「お前が、エルシィを語るなと言っている！　彼女の言葉は、今でも鮮明に頭に残っている！　あのとき彼女は……！」

そのときゾラスは違和感を覚えた。

『王様……どうか、私の恨みを晴らしてください。この世界は、あまりに悪意に満ちています』

記憶に残るエルシィの言葉は、あまりに明瞭過ぎた。

あのとき彼女は口を塞がれており、言葉を発せなかった。そのため彼女自身が作り出した、思念波を飛ばす魔法を用いて、ゾラスへと最期の言葉を遺《のこ》したのだ。

だが、あの魔法は、そのような万能なものではなかった。エルシィが幼少期に作り出したときよりは多少マシになったとはいえ、思考を伝播《でんぱ》可能なものに変換する過程で、どうしても破綻したものになってしまうからだ。

なのに、思い返すエルシィの言葉はいつも鮮明で、破綻のないものであった。あまりに長い年月の間に、調整して意訳したものを、勝手に彼女の言葉だと信じ込んでいたのだろうか。

いや、そんなはずはない。宰相のフドルフを殺したときには、エルシィの言葉に従うという意志があったはずだ。

だが、今になって、あの言葉が彼女のものであるという確信が持てなくなっていた。憎悪に囚《とら》われていた自身が、エルシィの飛ばした最期の言葉を都合よく歪め、今までずっとそれが真実だと思い込んでいただけではないのか。

エルシィが本当に、自身にそのような生き方を望んでいたのか。あのとき、もしも自分が反対の立場であったら、彼女に恨みを果たすことを託したのか。彼女があのとき自死を選んだのは、本当に自分に復讐《ふくしゅう》を果たさせるためだったのか。

もしもあのときの言葉がゾラスの憎悪が歪めてしまったものだとしたら、エルシィは二人の想い出の魔法を用いて、本当は何を最期に伝えたかったのか。

『どうか逃げて、生き延びて……自由に……幸せになってください。王様、私は、あなたがいるこの世界が大好きです』

不意にゾラスの頭の中に、聞いたことのないはずの言葉が浮かんだ。その言葉は否定して沈めようとしても何度でも浮かび上がり、ゾラスの頭を支配した。

「有り得ない、そんなことは……あるわけがない……あっていい、はずがない……。だったら私は、これまで何のために……？」

11

ゾラスはその場に伏したまま、硬直して動かなくなった。

ルナエールは憐れむように彼の背を見つめる。ルナエールは自身はゾラスとは違うと言っていたが、それでも思うところはあるのかもしれない。

「……哀れな人です。しかし、その憎悪は、愛情の深さの裏返しでもあったのでしょうね」

ルナエールは息を吐いた後、呪いの根源である、黒い靄に縛られたゼロへと目を向けた。ゼロの頬へと手を触れると、俺の方へと目線を移した。

「長話が過ぎましたね。いよいよ時間がなくなってきました。カナタ、お別れの時間です」

その言葉を聞いて、目の奥から涙が溢れてきた。ルナエールは、自身の命を以《もっ》てゼロの呪いを相殺するつもりだ。

「……ルナエールさん。俺は、ルナエールさんが犠牲になるくらいだったら、このロークロアごと滅んでしまった方がいいです」

俺の言葉に、ルナエールは首を左右に振る。それから細くて白い腕を俺の背へと回し、身体を抱き締めてきた。

冷たい身体だった。《冥府の穢れ》の齎す、根源的な恐怖が伝わってくるのがわかる。しかし、俺にはそれが心地よく、温かなものにさえ思えた。

「そんなことを言ったら、巻き込んでしまったロークロアの人達や、他の仲間の方達から怒られてしまいますよ。こんな状況ですが……カタナが私を想ってくれていることは、とても嬉しく思います。ですが、私の想いを無下にはしないでください。どうかカナタは生き延びて、幸せを見つけてください」

「ルナエールさん……そんな言い方は卑怯《ひきょう》です」

俺が返すと、ルナエールは泣く子を宥めるように、とんとんと俺の背中を叩いた。

「……待つがいい。そこの不死者の娘が実行しようが、どうせ失敗するに決まっている」

そのとき、ゆらりとゾラスが立ち上がった。

「私が……このゾラスが、その役目を果たそう。死霊魔法の扱いなど、色恋にかまける小娘よりも遥かに長けている自信がある。そもそもが、ゼロの呪いの封印を解き、ロークロア全土に向かうように調整したのは、他でもないこの私なのだからな。相殺して消滅させる程度、お手の物だ」

12

「お前が、呪いの相殺を……？」

俺が問うと、ゾラスは無表情のまま頷《うなず》く。

「ああ、そうだ。私もルナエールと同様に不死者だ。《冥府の穢《けが》れ》も充分に有している。魔法に関しても、彼女よりも私の方が一段上だと自負している。自身を呪いに変換してゼロの呪いと相殺するには、私の方が適任だろう。それとも、信用できないか？　ならばその剣で私を斬り殺して、ルナエールの魂を撃ち出してゼロにぶつけるがいい」

ゾラスの様子に、こちらを謀ろうという雰囲気は感じない。それに、今は藁《わら》にも縋《すが》りたい気持ちであった。ゾラスがルナエールの代わりに犠牲になってくれるというのであれば、俺に止める理由は何一つない。

しかし、だ。

「理由がわからない。ゼロを誘拐してこの世界を崩壊させようとしたのは、そもそもお前が仕組んだ。それを今更、自分の命を使って止めようだなんて……」

ゾラスがわざわざ自身の命を投じて俺達《たち》を助けようとしている動機がわからない。さすがにそれでは信じる信じない以前の問題である。

「……ああ、君が指摘した通り、元々この策は私が上位存在に提案したものだ。しかしそれは、怖がりで保身がちな奴《やつ》らを乗り気にさせるために必要だったからに過ぎない。私の第一の目的は、上位存在への報復にある。私自身が君達を殺して生還できなければ、その目的は果たされない。ならばせめて、連中に嫌がらせをしてやろうと思ったまでだ。君達が呪いを退けて生き残った方が、上位存在はさぞ迷惑することだろうからね」

ゾラスは淡々とそう口にする。これまでの飄々《ひょうひょう》とした様子はまるで感じられなかった。

ゾラスは小さく息を吐いた後、ちらりとルナエールへと目をやった。

「後は彼女への称賛といったところか。私と近しい立場でありながら、それだけ他者の事を想《おも》い、真《ま》っ直《す》ぐな生き方を貫ける者がいたとは、恐れ入った」

ゾラスはそこまで言うと、自身の唇を噛《か》んだ。

「……私には、できなかった。私は私自身の恨みのままに、彼女の最期の純粋な想いを歪《ゆが》め、穢し、貶《おとし》めてしまった。それに気づかせてくれたことは感謝しているよ、ルナエール」

ゾラスの肩が僅かに揺れる。目の端には、僅かに涙が溜《た》まっていた。自身の激情を押し殺しているのが見て取れた。そこに俺は、ゾラスの真意を見たような気がした。

先のゾラスの提案は、今の言葉は、信じてもいいような気がした。それに、今更彼が嘘《うそ》を吐《つ》いてまで俺達を貶めようとする理由も存在しないはずだ。

「……しかし、いいのですか？　この方法では、あなたの魂は未来永劫《みらいえいごう》に救われない呪いとして、世界の狭間《はざま》を彷徨《さまよ》い続けることになるのですよ」

ルナエールがゾラスへとそう尋ねた。

俺はその言葉に息を呑《の》んだ。自身の魂を呪いに変換するということは、俺が想像していたよりもずっと壮絶なことのようだった。ルナエールは、俺に黙ったまま、そんな手段を選ぼうとしていたのか。

「教えてやろう。永遠なんてものは、ただの一つだってありはしない。私だって、上位存在に《久遠の咎人《とがにん》》として捕えられた時は、永遠の苦痛を味わうがいいと散々脅かされたものだ。今更そんな言葉に取り乱したりするものか。それに、上位存在の奴らだって、奴らが思う程万能じゃない。いつかは必ず滅びを迎えることになる」

ゾラスはそう言うと、ルナエールを押し退《の》けてゼロの前へと立った。それからひと呼吸挟み、彼の額へと手を触れた。

そのときであった。ゾラスの手や足に巻き付いていた青白い光の鎖が、突如として激しく発光し始めた。

「なんだ、これは……！」

俺は手で顔を覆う。

光の鎖が突如として延びて、ゾラスの全身を拘束し始めた。何重にもぐるぐると巻き付き、強固に彼の身体《からだ》を縛り付けていく。

「私がカナタ達に与《くみ》するのは契約違反だというわけか。随分と必死だな、ナイアロトプ」

ゾラスは自身の身体を拘束する鎖へと目をやる。

あの鎖は、ルニマンやルシファーにもついていたものだ。どうやら上位存在の意志に反した時点で、彼らの自由を奪う効力があったようだ。

「ぐっ……！」

俺は剣を抜いた。

残酷なことだとは承知している。しかし、ゾラスには、ゼロの呪いの相殺をやってもらわなければ困るのだ。ゾラスがこのまま動けなくなれば、今度こそルナエールが自身の命を用いて解決しようと試みるだろう。

「止《や》めておくがいい。人の手でどうにかなる程甘いものではない」

こんな状況にも拘《かか》わらず、ゾラスは落ち着いた様子だった。

「何をそんな悠長なことを！　俺は、お前には呪いの相殺を果たしてもらわなければ困るんだ！」

「……数千年間、ずっと私は黙って囚人をやっていたわけではない。私は狂おしい程に永い時間の中、この鎖に縛られ続けてきた。その間、どうすればこの鎖を振り解《ほど》き……連中の喉許《のどもと》に爪を立ててやれるのか、そんなことばかり考え続けてきていた。ナイアロトプの失敗は、私程の天才に時間を与え過ぎたということだ」

ゾラスを中心に巨大な魔法陣が、三層に渡って展開された。

「結界魔法第二十五階位《白紙の書《エンプティコントラクト》》」

辺りが眩《まばゆ》い光に包まれる。ゾラスの全身を縛っていた青白い鎖に罅《ひび》が走ったかと思えば、それらは粉々に砕け散った。

「滑稽だったよ、ナイアロトプ。お前が私に首輪を付けた気になっていたことがな」

ゾラスが不敵な笑みを浮かべる。

どうやらゾラスの行使した魔法《白紙の書《エンプティコントラクト》》は、魔法干渉によって自身に課せられた誓約や制限を破棄できる類のものであるようだった。

この人……こんなことまでできるのか。多彩な魔法を駆使して、俺とルナエール相手に余力を残しながら戦っていただけのことはある。

「しかし、まぁ、流石《さすが》に保険は掛けてある、か」

ゾラスが腕を伸ばす。彼の指先が、砂のように崩れていっていた。

「それは、いったい……?」

「上位存在の保険というわけだ。私が連中の制御下を離れたとき、身体が朽ち果てるように仕掛けていたらしい。もっともそれも、私がゼロの呪いを破壊するのには、到底間に合わないだろうがね。しかし、まあ、なんと中途半端な保険か。クク、連中はさぞ急《せ》いていたと見える。それも仕方がないか。何せ、私が君達を殺し損なえば、ロークロアの運営は完全に身動きが取れなくなるのだからね」

「ロークロアの運営が完全に身動きが取れなくなる……?」

聞き逃してはいけない、重要なことのように思えた。上位存在は、自身らの介入による制御のできなくなったこの世界を、いったいどう扱うつもりなのか。

「言葉の通りだよ。君達が散々荒らしたせいで、上位存在達が嗜《たしな》む人形劇としてのロークロアの寿命は急速に縮んでしまった。世界の運営はコストが莫大《ばくだい》だから、採算が取れなくなるのが見え見えのまま続けることはできないだろう。しかし、君達の暴れっぷりは、上位存在の間でも注目度が高まっている。運営元の信頼のため、君達との騒動に決着を付けるまでは、ロークロアを畳めなくなってしまったのだ」

ゾラスの言葉を俺は頭の中で整理する。

ロークロアの運営続行はできない。ただし、決着を付ける前にロークロアを終わらせることもできない。そして現在、ゾラスという連中の最後の手札が裏切った以上、ナイアロトプがこれ以上ロークロアに介入できる余地は残されていない。

「……つまり、どうなるんだ？」

「さあね。勝手に奴らが悩めばいいさ。もう一つ言うと、そんな上位存在連中が最も注目している君に対して、私がロークロア運営の裏事情を包み隠さず暴露したということは、ロークロアを人形劇として楽しんでいる上位存在共にもそれが知れ渡ったことになる。運営はやり辛《づら》くて仕方がないだろうね」

それで、ロークロアは救われるのだろうか？

上位存在にとって好ましくない事態なのはわかる。同時に、どうやらすぐに消去されない可能性も充分にあるらしい、ということはわかった。しかし、肝心なのはその先、ロークロアに一時凌《しの》ぎではない、恒久的な平穏が約束されるのかどうかである。

「せいぜい後は上手《うま》くやるといい。助言してやれるとしたら、連中は契約と信用を遵守するということと……それから、君達は既に重要な対抗策を持っているということだ」

「それは……」

「後は勝手に考えるがいい。私達の会話は、連中にも筒抜けなわけだからな」

ゾラスが今度は黒い魔法陣を展開する。彼の身体を紫の光が覆っていく。どうやら、自身の魂を呪いへと変換し、ゼロの呪いと相殺させる準備を始めたようだ。

「……エルシィ、私は罪を背負い過ぎた。君と同じところへはとても行けそうにもない」

ゾラスは目を閉じ、首を左右に振った。それから俺達の方を尻目に見る。

「カナタ、ルナエール……君達には幸せな結末が待っていることを祈っている」

ゾラスは弱々しく、願うかのような声で、俺達へとそう言った。

ゾラスが前へと向き直る。魔法陣がその輝きを増した。

「死霊魔法第二十二階位《不死王之呪魂《ノーライフ・ソウル・カース》》！」

ゾラスの身体から漏れ出た紫の光が髑髏《どくろ》を象《かたど》る。髑髏はゼロへと飛び掛かったかと思えば、彼の身体を通り抜けて、その背後にある空間の歪《ひずみ》へと飛び込んでいった。

空間の歪から激しい光が漏れ出る。周囲を豪風が支配し、俺の視界を奪った。腕で顔を防ぎ、風が弱くなってから顔を上げる。

ゼロの身体を拘束していた黒い靄《もや》の触手がボロボロと朽ち果てて、空気に溶けるように消えていった。彼の身体が宙へと投げ出され、地面へと無造作に落ちた。

その後、空間に開いていた歪がゆっくりと閉じていく。

俺達の目前には、全身が白化し、石のように罅割《ひびわ》れたゾラスが横たわっていた。自身の魂を呪いへと変換した、その抜け殻のようだった。彼に既に命はない。

「……元々、あなたが提案した計画だったのでしょうが……それでも、ルナエールさんと、このロークロアを救ってくれて、ありがとうございました」

俺はゾラスへと深く頭を下げた。

ゾラスは、俺達が上位存在に一泡吹かせることを期待していたのだろうか。しかし、今後、八方塞がりになった連中が何を仕掛けてくるのか、まるで見当がつかない。

ゾラスは決して、善良な人物であったとはいえない。自身の恨みを晴らすためだけに、このロークロアを捨て駒にしようと画策していたくらいだ。

しかしそれでも、彼が全てを懸けて繋《つな》いでくれた希望を、無駄にしたくはないと俺は思った。

「……せいぜい上手くやってみせますよ」

俺はゾラスの亡骸《なきがら》へとそう呟《つぶや》いた。

13

ゾラスの犠牲によって、ゼロの呪いによるロークロアの崩壊は免れることができた。これで彼らはロークロアに干渉する手札を失い、八方塞がりの状態に陥ったはずだ。

しかし、だからといって、ナイアロトプ達がこれから手放しでロークロアを放置してくれるわけもない。無策で呆《ほう》けているわけにはいかないだろう。

俺は横たわっているゼロへと歩みより、屈《かが》んで顔を近づけた。

ゼロの正体は、ロークロアの不浄な力の掃《は》き溜《だ》めである。そして先程、ゼロの本体である不浄な力を、ゾラスが自身を犠牲に相殺してしまった。だとすれば、ゼロ自身も無事であるとは思えなかった。

俺はゼロとは関わりはなかった。しかし、救う術《すべ》がなかったとはいえ、彼を犠牲にしてしまったことには変わりない。

ロークロアを守ることと、そしてルナエールを犠牲にしない事ばかりに意識が向いていて、彼のことなんてまともに考えさえしていなかった。俺はそのことに対して、今更過ぎる罪悪感を抱いていた。

「ア……ア、ア……」

ゼロが呻《うめ》き声《ごえ》を上げ、薄目を開いて俺を見る。

「ゼロ……生きていたんですね！」

俺がそう言うと、ルナエールは気まずげに首を左右へ振った。

「……よくも悪くも、ゼロは寄せ集められた力の塊に対して、それを制御するために後天的にヴェランタが付加した人格です。ある程度呪いから独立しているため、本体を失っても生きながらえているようですが……それも、もう長くは持たないでしょう。今のゼロは、心臓を潰されて、辛うじて頭だけで生きているような状態です」

「そう……ですか」

俺はゼロへと視線を下ろす。

せめてヴェランタを呼ぶべきだろう。ゼロは無口で、他者との交流もなかったという。ただ、ヴェランタはゼロを造った人間であり、行動を共にしていた年数も長いはずだ。

それに俺達も、ヴェランタを含めたポメラ達の安否と、王都の正確な状況を把握しなければならない。とにかく、急いで他の者達と合流する必要がある。

俺はルナエールの魔法で片腕の欠損を含む負傷を回復してもらった後、ゼロを背負い、ルナエールと共に崩れた王城を後にした。

既にカオスドラゴンの殲滅《せんめつ》は終わっているらしく、空にも奴らの姿はなかった。その様子に俺は少し安堵《あんど》する。

ゾラスの《太陽神の自壊《ホルスブレイク》》の爆発の直後にも、空にまだカオスドラゴンが残っていたのを俺は記憶している。今カオスドラゴンが空にいないということは、あの爆発の後にも、しっかりとカオスドラゴンの討伐が進んでいたということである。彼らが無事である可能性が高まったといえる。

廃都と化した街を移動していると、一部分だけ爆発の影響を受けていないエリアを見つけることができた。近寄れば、ヴェランタの仮面を着けたゴーレムの群れと、その奥に集まっている避難住民達と、彼らの治療を行うポメラの姿を見つけることができた。

「カナタさんに、ルナエールさん！　無事だったんですね！」

白魔法で治療を行っていたポメラが、俺の方へと顔を上げて嬉《うれ》しそうな表情を浮かべた。

かと思えば、更に奥からなんと四人のポメラが姿を現した。俺が何事かとぎょっとしていると、四人の姿が崩れて混ざり合い、一人のフィリアへと変わった。

どうやらフィリアは、白魔法が得意なポメラに変身してから四人に分身を行い、治療役を担っていたようだ。

いつも思うが、フィリアの能力が本当に便利過ぎる。

「二人も無事で何よりです。ここは……？」

「ポメラ達は、ヴェランタさんのように保護した人達をアイテムで塔へ転移することはできませんから。カオスドラゴンから守るために、フィリアちゃんと協力して広域に防護結界を張って、避難所を作っていたんです。結果的にそのお陰で街の人達をどうにかあの爆発から守ることができましたけど、あれがなかったらどうなっていたことかと思うとぞっとします……」

ポメラはそう口にしてから、ぶるりと身震いする。

ポメラの言う『あの爆発』とは、考えるまでもなくゾラスの《太陽神の自壊《ホルスブレイク》》のことだろう。

偶然にもポメラが街の一部を守るために展開していた結界が、あの爆発から街の人達を守ってくれていたようだった。距離は開いていたようなのでレベルの高いポメラ達であれば耐えられたのではないかとは思うが、もし彼女達の防護結界が展開されていなければ、この王都で大量殺戮《さつりく》が行われていたことだろう。

その後、ポメラから重ねて詳しい情報を聞き、ロズモンドやコトネ、ミツル、ノーブルミミック、そしてロヴィスなんかも無事であるということを確認することができた。どうやら王都の住民への被害は最小限に抑えられていたようで、俺は安堵した。

「それで、カナタさん達は、上位存在の最後の刺客に勝ったんですよね？」

ポメラの言葉に、俺は返答に詰まった。ゼロの呪いを止めるための犠牲になったゾラスの姿が頭に浮かぶ。

あれを勝ったと言っていいのだろうか。ゾラスが上位存在から離反しなければ、少なくともルナエールが命を落としていた。彼女の作戦が成功するかどうかの分も悪かったそうなので、既にこのロークロアが滅んでいた可能性も充分にある。

「……どうなんでしょうね」

俺がついそう呟くと、ポメラの顔が真っ青になった。

「も、もしかして、まだ決着がついてはいないんですか!?　今も、世界の危機にあったり……!?」

「ああ、いえ、決着自体はついたといいますか……」

ポメラと話していると、背後より足音が近づいてきた。

振り返れば、ヴェランタの姿があった。

「無事に最後の刺客を倒し、ゼロを救助してくれたようだな。二人共、ご苦労であった。ひとまず一難去ったというわけか」

ゼロの名前を聞いてずきりと胸が痛んだ。俺は一瞬ヴェランタへ言葉を返すことを躊躇《ためら》ったが、すぐに口を開いた。これは、彼へとすぐにでも伝えなければならないことだ。

「……ゼロが、もう長くはないようです。すみません……呪いをどうにかすることにせいいっぱいで、彼を助けることはできませんでした」

「……そう、か。やはり、再封印はできん状態であったか。いや、そなたらは何も謝ることはないのだ。本当によくやってくれた」

平静を装ってはいるが、声が震えていた。

近づいてきたヴェランタが、俺へと両腕を出す。俺はゼロを背中から降ろして、ヴェランタへと手渡した。

「すっかりとゼロの力が消え失《う》せている……なるほどな」

ヴェランタはそう言うと、ゼロの頭を撫《な》でた。

「ゼロは強大な呪いの塊故、姿を晒《さら》したり、声を発したりするだけで、世界によくない影響を齎《もたら》す危険があった。それ故に言葉を口にするなと厳命していたが……今はもう、その必要もない。我への恨み言を吐いてくれても構わんのだぞ」

ヴェランタの言葉に、ゼロが薄く目を開き、彼の顔を見る。

「ヴェラン、タ……」

「我は呪いの入れ箱を守るためだけに、ゼロに人格を与えたのだ。残酷な行為であるということは当時からわかっていた。姿を晒せず、声も発せず……最後は上位存在に利用されて死んでいくのが半ば運命付けられていた。だが我はそれでも……その方が都合がよかったというだけの理由で、ゼ口に人格を与えることを選んだのだ」

ヴェランタが肩を震わせ、嗚咽《おえつ》交じりにそう口にする。ゼロが手を伸ばし、ヴェランタの仮面へと触れた。

「ヴェランタ、アリガトウ……ヴェランタガ、心ヲクレタカラ、色々ナ物、知ッテ、感ジルコトガデキタ。ヴェランタ、イツモ、沢山ノコト、教エテクレタ。暗クテ冷タイ、タダノ呪イトシテ生マレテ消エルハズダッタ僕ニ、命、クレタ。嬉シカッタ。最後ダケド……ヴェランタニ、僕ノ想イ、話セテヨカッタ」

か細い声でゼロが語る。

「ゼロ……」

「デモ、本当ハ……モット、ヴェランタト、オ話シタカッタ、ナ……」

ゼロはそこまで口にすると、かくりと力なく首を倒して目を瞑《つぶ》り、そのままぴくりとも動かなくなった。

ヴェランタはその後もしばらく、ただじっと、ゼロを抱き上げた姿勢のまま固まっていた。

第三話 ■ この世界を懸けた戦い

1

ゼロを看取《みと》った俺達は、ポメラが防護結界で保護していた民家の一つを借りて、今後についての話し合いを行うこととなった。

会議の面子《メンツ》は俺とルナエール、ヴェランタ、ノーブルミミック、ポメラとフィリア、そしてコトネとミツル、ロズモンド、ロヴィス、ラムエルにノブナガの十二人である。要するに王都の戦いに参加していた、ヴェランタ陣営の人間である。

「カナタとルナエールの活躍もあり、我々は無事に上位存在の最後の刺客を退けることができた。問題は、このまま上位存在がロークロアを放置してくれるとは思えん、ということだ。相手の動きに予想を立てて、何かできることを模索するべきだろうと我は考える」

ヴェランタがこの場を仕切り、自身の意見を述べる。ただ、その様子に、俺はいつもに比べて覇気がないように感じていた。

「ヴェランタさん、大丈夫ですか？　その……もし疲れているなら、俺が進行しますが」

俺はヴェランタへとそう言った。

ヴェランタは先程、ゼロを看取ったところなのだ。それもゼロの生い立ちや在り方に罪悪感を抱えていたらしく、随分とショックを受けていた。

「……いや、問題ない。上位存在が戦争を吹っ掛けてきているこの状況で、ゼロの死を引きずっておるわけにはいかんからな。元より、我はロークロアを巻き込んだ側の人間なのだから、個人的な感傷に左右されていていいはずもなかろう。子供のように泣き言を漏らしていいのは全てが終わってからだ。今は頭を切り替えて目前の難題に注力せねばなるまい」

ヴェランタは俺へとそう返す。

「あのさ～結局、根本的にこっちの命は、相手が握っているわけだよね？　そんな状況でボク達にできることなんて、神に祈るくらいしかないいんじゃないの？　もっとも祈る相手が、その敵対者なわけだけどね。キヒヒヒヒ、冗談にもならないね」

卓上に足を乗せた態度の悪いラムエルが、辟易《へきえき》したように口にした。ラムエルの言葉に、ずしりと場の空気が重くなる。

「こんなの最初から勝ち目なんてなかったのに、らしくなく熱に浮かされちゃったねヴェランタ。どっかでカナタを出し抜いて処分した方がまだチャンスあったんじゃない？　それとも最初はそうするつもりだったのに、自分の吐いた綺麗《きれい》ごとに流されちゃったのかな？　キミって現実主義者を気取っている割にはそういうところがあるよねえ」

ラムエルがカラカラと笑い声を上げる。

「これだけの騒動になった以上、上位存在はロークロアを長く存続させる気はなかったであろう。連中の事情や思考は、ある程度我もわかっているつもりだ。今から連中に媚《こび》を売ったところで、ただの延命にしかなるまい。……それに、我はもう、上位存在に振り回されながらの箱庭の維持には疲れたのだ」

ヴェランタはラムエルへとそう返した後、俺へと目を向ける。

「カナタよ、今後、上位存在が何を仕掛けてくるか……或《あ》いは、こちらから上位存在へと仕掛けられることはないか、その辺りについて何か考えはないか？　新しい情報か、或いは憶測か……なんでもよいのだ。そなたは上位存在が刺客として送りつけてきたルニマンやルシファー、ゾラスと直接接触している。上次元界にて永く拘束されていた奴らは、我などよりも余程、上位存在に対して詳しかったのではないかと思うのだが」

「そうですね……」

ヴェランタの言葉に、俺は首を捻《ひね》った。

俺達は、上位存在に対してあまりに見識がなさ過ぎる。確かに連中は貴重な情報源であったはずだ。今思えばだが、どうにかルニマン、ルシファーからもっと情報を引き出しておくべきだったかもしれない。

二人共、こちらに素直に上位存在の内情を話してくれるような奴らだとはとても思えなかったが、しかしそれでも、粘って試してみるだけの価値はあったはずだ。

ただ、ゾラスは、最期に俺に上位存在連中の事情について、少しだけ話してくれた。

「上位存在達がエンターテイメントとして注目している中、俺達はロークロアの運営元と派手に戦ってきました。ロークロアの運営は、他の上位存在達が納得するであろう形で俺達に対して綺麗な勝利を摑《つか》み取ってから、この世界を滅ぼしたいと考えているようです。連中はそれに沿った行動をしてくるでしょう」

「綺麗な勝利……か、なるほど」

俺の言葉にヴェランタが唸《うな》った。

今回の場合、連中にとっての綺麗な勝利とは、やはり諸々《もろもろ》の騒動の発端であり中心となった、俺の始末だろう。

しかし、そのための手札を上位存在はすっかり吐き出してしまっている。だからこそ、上位存在の次の一手が全く読めない。もしかしたら連中はしばらく戦力の補充に当たって、ロークロア滅亡までに猶予ができるかもしれない。

ただ、ロークロアの運営側がその綺麗な勝利を果たすために、せいぜい問題の発端になった異世界転移者の俺一人殺せばいいのに対して、こちらの勝利条件が厳しすぎる。上位存在がロークロアに干渉できないようにした上で、ロークロアの存続を担保しなければならない。本当にそんなことは可能なのだろうか？

「そんなにこっちとの決着に手間暇割いてくれるもんかね？　どうにもならないと割り切って、突然この世界を消去するような可能性も全然あるとボクは思うけど？っていうか、むしろそっちの方が考えられるよね、普通にさぁ」

ラムエルが肩を竦《すく》めてそう口にする。

……ラムエルが指摘する通りに、その可能性はずっと残り続けている。上位存在達がこれ以上足《あ》掻《が》いてもロークロアの事態が好転しないと判断すれば、こちらに譲歩を見せるというよりは、ただ収拾を付けることを放棄してロークロアを消去する方が妥当性が高いように思う。ただ、その線を追うのならば最初から勝ち目がないため、上位存在と戦うことを選んだ時点で、あまり考えても仕方がないポイントではあるのだが。

「お前はどっちの味方なのだ！」

ロズモンドがラムエルに食って掛かる。

「ボクは別に、ロークロアの味方ではあっても、カナタの味方をするつもりはないからね。当たり前じゃん。仮に今更その選択を取る理由が薄いとしても、カナタやルナエールを上位存在に差し出して和解案を探るという道も頭に入れておくべきだと思うけれどね。ロークロアが懸かってるんだから、最後の最後には個人より集団を優先するのは当たり前だよね？　それともたかだか二人のためにロークロアの数億の命が消えちゃっても最悪いいやっていう、そういうメンヘルな方針なの、これ？」

ラムエルが底意地の悪い笑みを浮かべる。

「とっくに賽《さい》は投げられておるというのに、今さら和を乱す言葉ばかり並べ立ておって。もういい、お前など知らん」

「ボクは現状を再確認しているだけだけど！　現実から目を背けて希望ばかりで喋《しゃべ》ってても仕方がないだろうに！」

ロズモンドがラムエルの挑発を無視すれば、ラムエルが必死にロズモンドへ喰《く》い下がる。こんな極限の状態でも構ってちゃんを発動しないでほしい。

……ただ、言い方こそ露悪的だが、ラムエルの言葉は、俺とルナエール以外からすれば正論というか、頭の片隅には置いておいて然《しか》るべきことだろう。義理堅いロズモンドには、とても受け付けられなかったようだが。

このままロークロア運営にとって八方塞がりの状態が続けば、連中が最後の手段に出ないとは限らないのだ。

もっとも、それでも俺からしてみれば、俺だけであればいざ知らず、ルナエールの首を上位存在に差し出してロークロアのその場凌ぎだけの延命を図るという手段は、絶対に呑むつもりはないのだが。

ゾラスは『ロークロア運営の目的がロークロアを終わらせるための綺麗な勝利にある』以外に、何か口にしていただろうか？　俺は記憶の糸を手繰る。

『せいぜい後は上手くやるといい。助言してやれるとしたら、連中は契約と信用を遵守するということと……それから、君達は既に重要な対抗策を持っているということだ。後は勝手に考えるがいい。私達の会話は、連中にも筒抜けなわけだからな』

契約……信用……重要な対抗策……。

そこまで考えて、俺の頭に一つの考えが過《よぎ》った。いや、ゾラスの遺《のこ》してくれたヒントが、綺麗に頭の中で繋がった、といった方が適切なのかもしれない。

もしかしたら、ゾラスは俺達がロークロア運営に対抗するための答えを出していて、上位存在の目があるためにそれを直接口にはできず、ぼかしたのがあの言葉だったのではないか、とさえ俺には思えた。

この策がまかり通るという確証はない。あまりにも不確定要素や、見えていない情報が多すぎる。実際にやってみて、俺の思い通りに事が運ぶという保証も何一つない。仮定の上の仮定で、策というよりはただの妄想に近いかもしれない。

こんな馬鹿げた策に、ロークロアというチップを賭けるだなんて有り得ない、とも思う。しかし、これは、ロークロアを上位存在から切り離し、かつロークロアを存続させるための、恐らくは唯一の策でもある。

「どうしたのだ、カナタ。神妙な顔をして黙りこくって」

ヴェランタが俺の顔を覗《のぞ》く。

俺は自身の考えを話そうとしたが、伝えればそれは、上位存在にも筒抜けになってしまうことに気が付いた。

俺は息を吸い込んで気持ちを落ち着けてから口を開いた。

「……俺に、ロークロアを上位存在から守るための策があります。失敗したら、このロークロアはお終《しま》いかもしれません。無茶を言っているのはわかりますが……黙って全員、俺の策に協力してもらえませんか？」

2　―ナイアロトプ―

「止めろ……ゾラス、止めろ！」

ナイアロトプは次元の裂け目よりカナタ達の様子を食い入るように監視しながら、必死にそう懇願していた。

次元の裂け目の向こう側では、ゾラスが自身の魂を以《もっ》てゼロの呪いを相殺させると、そう宣言しているところであった。

ゾラスはカナタ相手に敗北した。しかし、彼の残したゼロの呪いによって、ついにあの憎きカナタを葬れるはずだったのだ。

ロークロアを丸ごと巻き添えにする形にはなるが、今回は最上位神であるあの御方さえ納得させれば、ナイアロトプの処断は最小限に留《とど》めた後で、汚名返上の機会も与えられるはずだったのだ。

だが、何を考えたのか、最後の最後で、ゾラスはカナタ陣営につくことを選択した。こんなことになるなんて、ナイアロトプは考えさえしていなかった。

保険として魔法の鎖によってゾラスの行動を制限していたのだが、それさえゾラスは自力で打ち破ってしまった。ゾラスの魔法への理解は、ナイアロトプ含める上位存在の想定さえ遥《はる》かに上回る範疇《はんちゅう》にあったのだ。

「止めてくれ……それをやられたら、僕は本当にお終いなんだ！　止めろ、止めろ……！　下位神にでも、何にでもしてやるから、それだけは……！」

ナイアロトプは頭を抱え、食い入るように次元の裂け目へと目を向ける。

「なんだよ、こいつらは……！　どう足掻いてももうロークロアは滅ぶんだよ！　蟻《あり》の巣の崩落に、この僕を巻き添えにするな！　全員黙って死ね！」

ナイアロトプの願いも虚《むな》しく、次元の裂け目の先では、ゾラスが魔法によって、自身の魂を呪いへと変換したところであった。眩いばかりの光が広がったかと思えば、ゼロの呪いが消滅して消え失せていった。

ナイアロトプは腰が抜けてその場で崩れ落ちた。

終わった、これで全てが終わった。

最後の手札であったゾラスは消滅した。そして、万全の二段構えの策であったはずの、ゼロの呪いも、彼の裏切りによって消えてしまった。

「なんなんだよ……なんなんだよ……お前達……」

ナイアロトプは呆然《ぼうぜん》とそう漏らした。立ち上がろうとしたが、絶望感のあまり、身体に力が入らなかった。

そのことに気が付いてから、ナイアロトプはしばらく動く気にもなれず、ただ呆然とその場に座り込んでいた。

これからどうするべきなのか、皆目見当がつかない。考えたくもない。

手札は全て使い切ってしまったため、まともな介入もできない。ロークロアを消去するにも、運営が決着を付けずに物語を強制中断させてお終いなど、他の上位神から不興を買うことになる。おまけに今回は、最上位神も注目しているのだ。

そしてこのまま続行しても、ロークロアの維持費が賄えずに破綻することになる。カナタやルナエールが好き勝手に大暴れしてしまった後なのだから当たり前である。上位存在は皆、飽き性なのだ。裏ボスが全部倒された後の世界で、小物同士の戦いを見たいと願うものはいない。

完全な八方塞がりであった。この先、どう足掻いても破綻することになる。ロークロアはぐだぐだの結末を迎え、運営は関与した上位神全員の信用を貶めて崩壊し、挙げ句の果てには最上位神からの不興を買うことになる。

「ヴェランタも、ルニマンも、ルシファーも、ゾラスも、どいつもこいつも使えぬ馬鹿ばかり！

僕は貴様らの神だぞ……？　この僕の足を引っ張るな！　上位存在の力で創世した世界が、自由を望むなど、なんと恩知らずで恥知らずなことか！　ふざけるなよ……！」

ナイアロトプは地面を殴った後、しばらくそのままぐったりとしていた。

主である上位神からの連絡も来ない。主もこうなった際にどうするべきか想定していなかったのだろうと、ナイアロトプは考えた。

元より考えたところで、まともな手がないのはもう確定しているのだ。だからこそ絶対に敗北の許されない戦いだと、上位神は再三口にしていたのだから。

それでも実際問題こうなってしまった以上、答えがないなりに傷の浅い道を模索して、少しでも迅速に敗戦処理を行わなければならない。頭ではそう理解していたが、あまりに深い絶望感のため、やはりナイアロトプはまともに動く気にはなれなかった。

しばらくその場にぼうっと倒れ込んだままのナイアロトプであったが、ふと思い立ち、だらしなく右手を伸ばした。その指先に、次元の裂け目が広がった。

その先には大量の文字列が並んでいる。神々のSNS、《ゴディッター》である。

基本的に《ゴディッター》を好んでいる神々は、その万能さ故に暇を持て余した厄介な連中が多い。他人の不幸と失敗を至上の蜜と認識している。彼らはロークロア運営が最後の切り札として送り出したゾラスの敗北と裏切りを受けて、嬉々《きき》としてロークロア運営を嘲笑する書き込みを行っているであろう。そんなことは、ナイアロトプには確認せずともわかっていた。

当然ナイアロトプはそんなものは見たくもなかったが、それでも確認しないわけにはいかなかった。今ロークロアが、そしてその矢面に立たされている自身がどういった評価に晒されているのか、確認しないわけにはいかなかった。

『ナイちゃん無能』

『ナイちゃん無能』

『計画ミスった挙げ句、内情全部暴露されてて草』

『やっぱり運営、俺達の目を必死に気にしてたんだなって』

『ロークロア運営見てる～？』

『ナイちゃん無能』

言われ放題の無料サンドバッグ状態である。見れば見る程、頭と胃が痛くなる。鈍い絶望感が、ずっしりとナイアロトプを支配していた。

『ロークロア潰すためにロークロア恨んでる奴連れてきて普通に裏切られるの、人望の無さがミラクル過ぎる』

『ロークロア終わりってマジですか？』

『ナイちゃんの無能で世界がヤバい』

『なんなら信用問題だから下手したら同一運営の異世界全部吹き飛ぶぞ』

『ナイちゃんの無能で多世界がヤバい』

『面白くなってきましたね！　運営ここからどうするつもりなんでしょう？』

『運営が一番どうするべきか知りたがってるぞ』

《ゴディッター》にはいつも通り、自身の発言に一切の責任を負うつもりのない、身勝手で一方的な暴言が溢《あふ》れている。

「好き勝手言いやがって……どいつも、こいつも」

ナイアロトプは手で顔を覆った。

「どうせこうなった以上……もうロークロアはどうにもならない。後先や布石など知ったことか！　カナタもルナエールもヴェランタも……全員、生まれたこと全てを後悔するほどの悲劇を齎してやる！」

ナイアロトプがそう叫び声を上げた、そのときだった。《ゴディッター》の雰囲気が、突然一変した。

『!?』

『カナタ、何やってんだ』

『もしかしてこれ俺達宛て？』

『ナイちゃん宛てじゃね』

『え、どういうこと？』

『とんでもないことが起きようとしてない？』

《ゴディッター》に流れる上位存在達のメッセージが、何故《なぜ》か困惑に溢れている。先程まで飽和していたはずのナイアロトプへの罵声は全く流れてこない。

しばらく追っていたが、状況がよく呑み込めなかった。ただ一つわかったのは、カナタが上位存在達の空気を一変させて、注目せざるを得ないような珍事を起こしたらしい……ということだけである。

「なんだ……何が起きているんだ……？」

ナイアロトプには全く状況が呑み込めない。

「我が眷属《けんぞく》よ。喜べ、首の皮一枚繋がったといったところだ。先の敗北を帳消しにできる最後のチャンスだ」

ナイアロトプがカナタ達の様子を見ようと立ち上がったとき、どこからともなくナイアロトプの主である上位神の声が聞こえてきた。

「主様……それは、どういう……？」

ナイアロトプは言いながら、カナタ達の映っている次元の裂け目の方を見た。ロークロアで、カナタが空に向かって呼び掛けているのが目に付いた。

『ナイアロトプ、お前も後がないんだろ？　綺麗に決着を付けてやる、この世界へ降りてこい！』

ナイアロトプは一瞬、カナタの言葉が理解できなかった。

「……この男は、何を言っているんだ？」

『この世界を……ロークロアを懸けて、俺と一対一で勝負しろ！』

カナタが空へと刃を突きつける。

その言葉を聞いて、ぶるりとナイアロトプの背が震えるのがわかった。

「この僕が、ロークロアのような下位世界にわざわざ降り立って、ニンゲン一人と決着を付ける……？」

この震えは、自身をニンゲン如《ごと》きと同列に扱うカナタへの怒りと、そしてカナタを直接始末して自身の大敗をなかったことにできる大義名分を得た悦《よろこ》びから来る武者震いが合わさったものだった。

《ゴディッター》もカナタの宣言に大盛況となっていた。

『ナイちゃん名指し来たあああ！』

『上位存在に勝てると思ってるのは調子乗り過ぎてて不快』

『これはガチで熱い』

『さすがに無理でしょ……』

『ナイちゃん逃げんなよw』

メッセージの嵐が流れていく。ナイアロトプはそれを横目で確認した後、鼻で笑った。

「馬鹿め……レベル五千足らずで、この僕に勝てるわけがないというのに。その言葉、もう取り消せはせんぞ」

ナイアロトプは口端を吊《つ》り上げて笑みを浮かべる。

「連中もロークロアを消去されないために必死なのだろうが、こちらのレベルを見誤ったな。気が変わってごねられることだけが怖い。早急にカンバラ・カナタの処分に向かえ」

「はい、主様。仰せのままに……！」

3

「この世界を……ロークロアを懸けて、俺と一対一で勝負しろ！」

俺は空へと剣を突きつけて、そう宣言した。

ナイアロトプは今、八方塞がりの状態で困っている。一対一で勝負を付けたいという俺の呼び掛けには、必ず乗ってくるはずだ。むしろ連中からすれば、救いの糸のようにさえ思える提案だろう。

俺の背後には、先の対上位存在の会議に出ていた面子がずらりと並んでいる。

「ほ……本当に、これでその……上位存在が、メッセージに応じるものなんですか？　あの、ポメラ……色々とお話も聞きましたし、襲撃もありましたし、疑ってるわけじゃないんですが、なんだかまだ、この世界を遊びで創った人達がいることに、理解が及ばなくて……」

ポメラが落ち着かない様子でそう口にする。

「来ますよ。あいつは確実に」

どうせ上位世界の連中は俺の様子を見ているはずだ。ナイアロトプに俺からのメッセージが届かない、なんてことはまずあり得ないだろう。

「……向こうからやって来たとして、勝てるのですか？　話を聞くに、相手は異界と異界を繋ぐ魔法を、簡単に発動できると……。魔法一つとっても、私やゾラスよりも遥かに上です」

ルナエールが不安げに俺へとそう言った。

「勝ってみせます。そうしないと、結局このロークロアには……俺達には、先がありませんから。俺を信じてください」

俺はルナエールへとそう返した。

ルナエールは、俺の言葉を聞いてもまだ不安げな様子だった。

不安を抱くのも当たり前のことだ。ナイアロトプは、最低でもゾラスより遥かに強いだろう。ゾラスだって、時間制限の焦りがあったからこそ、たまたまそこを突けただけに過ぎない。俺がナイアロトプ相手にまともに戦って勝算があるとは、俺も思えていない。

ただ、策があるのだ。本当にこの策が使える状況になるのか、そして本当に効果的なのかはわからない。しかし、こちらの言動が相手側に筒抜けな以上、他の皆と相談して検証することもできない。

明らかに分が悪い賭けだと、俺自身が思っている。ただ、しかし、ゾラスの言葉を信じるとすれば、やはりアレのことを言っていたとしか思えないのだ。

「やはり、私も一緒に戦えるようにしてもらった方が……！」

ルナエールがそう提案してきた、そのときだった。俺達の目前に、魔法陣が展開された。

「低次元の存在に舐《な》められては……僕も黙ってはいられないな」

聞き覚えのある声と共に、一人の人間が俺達の目前に現れる。黒い礼服に、パーマの掛かった緑髪の青年。温和に細められた目の奥の碧《あお》い瞳は、憎悪の込められた鈍い光を帯びていた。

彼の登場と同時に、空が歪み始めた。雲が捻《ね》じれ、陽《ひ》の光が失せたかと思えば、大空の全てが青黒い闇へと包まれていく。そしてその闇の中に、巨大な奇妙な仮面のようなものが無数に浮かび上がった。

「さぁ、ご趣味のよろしい高位神の皆様方！　勇気ある青年、カンバラ・カナタの直々のご指名があり、この僕ナイアロトプが低次元の舞台へと立たせていただきました。このようなこと、滅多に起こることではありません。少々、力量差があり過ぎるかとは思いますが……何せ彼が望むのは、ロークロア世界の真の自由！　これだけ大きな対価であることを考えれば、この戦力の差もご納得いただけることかと存じます。何よりも、上位世界での人気スター、カンバラ・カナタからの折角の提案でございます故、私共ロークロア運営もその勇気を買い、この場を設けさせていただきました」

ナイアロトプは慇懃《いんぎん》な笑みを浮かべて空へと大袈裟《おおげさ》な動きで手を振り、頭を下げた。

呼び掛けに応じて現れた上位存在に、場の空気に緊張が走った。

「な、なんですか……あの空に浮かんでいるの……全部、上位存在なんですか？　一体、どうなって……」

ポメラが不安げに右往左往している。

上位存在にとっては、物理的な距離といったものは大したものではないのだろう。何せ、お遊びで創世ができる連中である。俺達の常識など、何も通用しはしない。

「……あの日以来だな、ナイアロトプ」

俺はナイアロトプへと剣を突きつける。ナイアロトプが、俺の方へと振り返る。

「随分と増長したものだね。あれだけ怯《おび》えていたニンゲン如きが。こっちは君の顔なんて、飽きる程見せつけられてきたんだよ。だが、それも今日限りだ」

ナイアロトプが目を見開き、俺を睨《にら》みつける。凄《すさ》まじい威圧感だった。

俺は尻目に空に浮かぶ上位存在を確認する。不気味な顔の群れが、興味深げに俺達を覗き見ている。楽しげに笑っているものもあった。

これだけ嫌という程に上位存在達の目がある中で、ナイアロトプと直接向かい合っているのだ。これだけ状況が整っていれば、ナイアロトプも、この場で交わした契約をひっくり返すことはできないはずである。

何せ、ナイアロトプ達は、これまで散々形や建前といったものに拘《こだわ》っていた。決定的なルールを破ることは、彼らにもできないということだ。ゾラスも上位存在は、契約と信用を遵守すると口にしていた。

「カンバラ・カナタ……わかりやすく行こうじゃないか。君との戦いで、僕が勝てばこのロークロアの世界を終了させる。そして、もし君が勝てば、ロークロアの存続は保証した状態で、今後はロークロアには決して干渉しないと誓おう。それでいいかな？」

ナイアロトプが俺へと指を突きつける。

「いや……こっちは何せ、世界を丸ごと賭けてるんだ。細かいルールで揚げ足を取られて、なかったことにされたら困る」

「なに……？」

ナイアロトプがうんざりしたような表情を浮かべる。

「勝敗の定義を明確にしておきたい。それに、何を以て一対一とするのか、も大事だ。お前が劣勢になったときに逃げたり誤魔化されたりする可能性があるし、逆にこちらの誰かが耐えられずに手出しをしてしまって、それで反則負けとされる恐れもある」

「何を、面倒臭いことを！」

ナイアロトプは明らかに苛立《いらだ》っていた。

「来てもらって悪いが、条件が納得できなければ俺は呑めない。世界を懸けて、分の悪い戦いに挑んでいる。つまらない言いがかりで台無しにされたくはない」

俺の言葉に、ナイアロトプの額に青筋が浮かんだ。

「こっちの足許《あしもと》を見て、有利な条件を引き出すのが狙いか。図に乗るのも程々にしろよ、下位次元の人形共が」

奴の放つ怒気は凄まじい圧迫感であった。俺の額を冷汗が伝う。

大丈夫だ。ナイアロトプも、逆上して怒りのままにこの場を台無しにしてしまうようなことはしないはずだ。

「何度も言うが、俺は正当な勝負がしたいだけだ。どう足掻いても、主導権を握っているのはそっち側の方だ。だったら、最初にルールは詰めておく必要がある」

俺の言葉に、どんどんナイアロトプが苛立っていくのが、手に取るようにわかる。

俺からの提案は連中にとって救いの糸に見えたはずだ。それが大急ぎで駆け付けてみれば、ルールがどうだ、定義がどうだと言われれば、気をよくするはずがない。おまけに当の俺が、気に入らなければ中止にすることまで匂わせているのだ。

「君と僕、生き残った方が勝者でいいだろう。それに不満はあるか？　ないな？」

ナイアロトプが急かすように口にする。

「そこについてはそれでいいが……ただ、他の部分については……」

「この僕が、低次元の生命体相手に逃げるわけがないだろうが！　逆に貴様がどこまで逃げようとも、探し出して八つ裂きにしてやるから安心しろ！　貴様らが失格どうこうを気にする必要はない！　あそこの連中なら、僕が撥《は》ね除《の》けてやる！」

ナイアロトプが、ルナエール達へと指先を向けた。その瞬間、彼女達の周囲に魔法陣が展開される。

「時空魔法第二十三階位《高速盤上移動《キャスリング》》」

ルナエール達の姿が消え、百メートル程離れた先へと瞬間移動させられた。

ナイアロトプの魔法の行使を見たのは久々だが、高階位魔法の発動が速すぎる。対応の難しいタイプの魔法ではあったが、それでもルナエールがまともに反応さえできていなかった。

「結界魔法第二十七階位《絶対聖域《アブソリュート・サンクチュアリ》》」

続けて、直径数十メートルにも及ぶ、巨大な青い魔法陣が展開され、俺とナイアロトプを包み込む。魔法陣の端の円から光の壁がせり上がり、俺とナイアロトプを閉じ込めた。

「どうだ？　ニンゲンの力では絶対に破れない結界だ。あらゆる時空干渉を用いても突破することはできない。僕が自前でリングを用意してやった。まさか、これ以上、くだらん難癖を付けるつもりではないだろうね？」

ナイアロトプが俺を睨みつける。

「カ、カナタ、やっぱり駄目です！　こんな勝負……勝てるとは思えません！　中止しましょう！」

ルナエールが結界に張り付き、俺へと必死に訴えかけてくる。

「ルナエールさん……お願いしい、いい、いました」

「えっ……」

俺の言葉に、ルナエールが困惑したように硬直する。

やはり、俺の仮説は正しかった。ゾラスの言葉は、全てここまで見越した助言だったのだ。ゾラスには勝てそうにない。

「どうなんだカンバラ・カナタ！　勝負に応じろ！」

ナイアロトプが吠《ほ》える。

俺は呼吸を整えてから、ナイアロトプへと剣を構えた。

「……ああ、これなら俺は文句ない。決着を付けよう、ナイアロトプ！」

「本当に君は、愚かな異世界転移者だったよ、カンバラ・カナタ。力の差に絶望しながら死ぬがいい！」

ナイアロトプが邪悪な笑みを浮かべた。

4

「あっさり終わっては退屈だ……これは、ロークロア最後のショーでもあるからね。これまでの恨みも込めて、君の身体は徹底的に破壊して、嬲《なぶ》り殺《ごろ》しにしてあげよう！」

ナイアロトプが摑み掛かってくる。

上位存在……ナイアロトプ。間違いなくこれまでで最強の敵だが、それでも絶対に勝てない相手ではないはずだ。

ナイアロトプは、俺達と同じ手順で魔法を発動する。これはナイアロトプと初めて出会った日に既に確認済みのことであった。

ロークロアを下位次元の世界と見下しながら、その世界と同じ法則で動いている魔法を用いているのだ。これはナイアロトプが決して俺達から隔絶した存在なのではなく、あくまで地続きの延長線上に位置する存在だということの、何よりの証左である。

だとしたら当然、レベルやステータスも有しているはずだ。絶対に敵《かな》わない相手であるとは思えない。

俺はナイアロトプのレベルを確認する。頭の中に、いつものゲーム画面のようなものが浮かび上がる。

Й∫∫Ж§Å‰ξ
種族：デミゴッド
Ｌｖ　：１２３８８
ＨＰ　：７５５６６／７５５６６
ＭＰ　：７２３７１／７３０８９

レベル一万オーバー……。

俺が覚悟していたよりも一段階高い。

魔法は間に合わない。剣で迎え撃つ他ない。

俺は跳び掛かってくるナイアロトプに合わせて剣を振るった。だが、その瞬間、ナイアロトプの姿が三重にブレたかと思えば、奴は俺の背後へと移動していた。

剣が空振った後、俺は地面を蹴って反転しながら、背後のナイアロトプへ続けて剣を振るう。またもやナイアロトプの姿がブレて、俺の刃が捉えたのはただの残像に過ぎなかった。

次はどこへ……と考えた瞬間、俺の側頭部に何者かの指が触れた。俺は慌ててその場から離れて、剣を構え直す。

「フフフ……少し頭を撫でてやっただけだというのに。何をそう怯えている？」

ナイアロトプは腕を伸ばしたままの姿勢で、俺を嘲笑《あざわら》った。

「妙な手品を……」

魔法発動の様子はなかった。

何かしらのアイテムによるものだろうか。だとすれば、その特性や弱点を、なんとしてでも見極めなければならない。

「妙な手品……ハハハハ、実に面白いことを言うね君は！　これは君と僕の、純粋な速さの差だよ。カンバラ・カナタ、君が剣を一振りする間に、僕は君を五回は殺せるんだよ」

ナイアロトプの言葉に俺は息を呑んだ。

俺はレベルの差を少し甘く考えていたかもしれない。

「よぅく頭と身体を使って、せいぜい奮闘してくれよ。これはショーなんだからね。君に全く見せ場がなければ、ロークロアの評価もそれだけ悪くなってしまう」

ナイアロトプが、こきりと首を横に倒す。

ナイアロトプは油断している。速攻で決めに掛かってくることはない。今の間に、奴に対する有効打を見つけるしかない。

俺は魔法陣を紡ぎながら、ナイアロトプへと飛び掛かった。

「その魔法陣……時空魔法かい。君のお得意の魔法だな。相手の耐性や防御力を無視できる魔法が多い時空魔法は、確かに僕に対しても効果があるかもしれないね。もっともそれも……当たれば、だがね」

俺は魔法陣を維持しながら、ナイアロトプへと斬撃を繰り出す。ナイアロトプはまたもや俺を挑発するように、素早い動きで斬撃を躱《かわ》していく。

少しでも隙を作れれば……と考えていたが、全くナイアロトプに姿勢が乱れる様子はない。このままやるしかないようだ。

「時空魔法第十七階位《空間断裂《フラクチャー》》！」

四度剣を空振りした後、俺は魔法を発動した。

魔法陣を中心に、空間の亀裂が、罅割れた硝子《ガラス》のように周囲一帯へと広がっていく。時空魔法の中でも、素早く、広範囲に展開できる魔法だ。

だが、ナイアロトプは余裕ありげな笑みを浮かべながら、《空間断裂《フラクチャー》》の合間を縫うような姿勢で易々《やすやす》と回避して見せる。

「どうしたんだい、このままだと、酷《ひど》く退屈な幕引きになってしまうよ？　君達は所詮僕の舞台人形なんだから、もっとその自覚を持ってくれないと」

《空間断裂《フラクチャー》》が回避されるのは俺の想定の範囲内であった。俺の狙いは、《空間断裂《フラクチャー》》の範囲攻撃を以て、ナイアロトプの移動範囲を制限することにあったのだ。

ナイアロトプの避《よ》け方は、いくらなんでもふざけ過ぎている。今ならばあの神速を以てしても、俺の剣を避けられないはずだ。

「ここだ！」

俺はナイアロトプの頭部目掛けて刃を振るう。

「おおっと！」

ナイアロトプが左腕を上げて頭部を守る。俺の剣は、ナイアロトプの腕を切断できなかった。奴の礼服に、切れ目が入った程度である。

「嘘だろ、硬すぎる……」

「悪いけど、君達とは存在の格が違うんだよ」

ナイアロトプの腕が膨れ上がったかと思えば、袖が裂けて、複数の植物の根のようなものがうねうねと現れた。俺の剣は、その根の一本に遮られていた。

「うっ……！」

俺は《空間断裂《フラクチャー》》を解除して背後へと跳ぶ。

「そろそろ攻撃に移ろうかな？　そうれ！」

ナイアロトプが左腕を振るう。

奴の袖から伸びる複数の木の根が、一気に膨れ上がり、俺の許《もと》へと伸びてくる。木の根の先端には、獣の爪のようなものまでついていた。

俺は地面を蹴り、背後へと跳んで避ける。すぐ目前まで迫ってきた木の根を蹴って自身の身体を弾《はじ》き、距離を稼ぐ。

ただ、それでも素早く展開された木の根の速度にどんどん追い付けなくなり、胸部をまともに引き裂かれることになった。

爪に殴り飛ばされ、俺は地面を転がった。

ナイアロトプの哄笑《こうしょう》が耳につく。膨れ上がった奴の木の根が、しゅるしゅると縮小してナイアロトプの袖の中へと収まっていく。

ナイアロトプ自身が、地面を蹴って俺へと接近してきた。

「ぐっ……！」

俺は辛うじて剣を構えて立ち上がるも、前から走ってきたはずのナイアロトプの姿が三重にブレて、俺の視界から姿を消した。

俺はやぶれかぶれで、背後へと振り返りながら刃を振るった。

背中に鋭い衝撃が走った。ナイアロトプに背中を蹴り飛ばされたのだと、一瞬遅れて事態を理解した。

「こっちだ愚図が！」

蹴り飛ばされて身体が宙を舞っている間に、反対側にナイアロトプが既に回り込んでいるのが見えた。必死に体勢を立て直し、剣を構えてナイアロトプを牽制《けんせい》する。

ナイアロトプの回し蹴りは、前に構えていた刃を綺麗にすり抜けて、俺の顎を捉えた。地面に叩《たた》きつけられ、意識が明滅する。

「今まで僕が君に手出しをしなかったのは、それがあくまでロークロアのルールであったからに他ならないのに……どうして僕に勝てるなんて、勘違いしてしまったんだい？」

ナイアロトプがゆっくりと俺へと歩いて向かってくる。

「フフフ……少し強くやり過ぎてしまったか。多少は粘ってもらわなければならなかったのだが、これは失敗したね。もう心を折ってしまったようだ」

下手に起き上がれば、ナイアロトプに即座に叩き伏せられる。俺は倒れたまま、一旦結界の外を確認することにした。

外では、ノブナガが剣を振るい、結界へと斬撃をお見舞いしているのが見えた。だが、まるで効果はなかったようだ。

「チッ、儂《わし》の魔刀でもどうにもならんわい！　あのガキめ、勝手に世界を背負って無様を晒しおって！」

「とにかく、できることはなんでもやってください！　この戦いは、無効にさせるべきです！　このままだとカナタさんが……！」

ポメラがあわあわとした様子でノブナガに指示を出している。

「ねえ、この事態に、ヴェランタとあの不死者の女はどこ行ったの？」

ラムエルが不機嫌そうに口にしている。周囲を見るが、確かに二人とノーブルミミックの姿だけがない。

ルナエールが、俺の意図を酌んで動いてくれている、ということだ。

俺の作戦は回っている。ルナエールが、俺のために必死に行動してくれている。だというのに俺が、この程度のことで諦めてくたばっているわけにはいかない。

「ならば、プロレスはここまでにして、嬲り殺しのショータイムを始めようか！　ハハハ、泣いて許しを乞うてみたらどうだい？　もしかしたら僕の気が変わるかもしれないよ？」

俺が起き上がる様子を見て、ナイアロトプが表情を顰《しか》めた。

「なんでまだ、そんな顔ができるんだよ」

「もっと絶対的な存在なんだと思っていたけど……改めて会ったら、まるで、力を持った子供みたいだな。上位存在は、お前みたいな奴しかいないのか？」

ナイアロトプの顔に青筋が走る。

「嬉しいよ……カンバラ・カナタ。君がここまで甚振《いたぶ》り甲斐《がい》のある愚図だったなんてね」

5

ナイアロトプは、硬いあの植物のような触手を無数に出すことができる。だとすれば、俺の斬撃は触手で妨げられ、余程意表を突かなければ決定打にはなり得ない。

やはりナイアロトプを倒すには重力魔法を用いる他にない。それも、俺が使える中で最も高威力を誇る魔法……《超重力爆弾《グラビバーン》》をぶつけるしかない。

俺は《超重力爆弾《グラビバーン》》の魔法陣を、並行して二つ紡いだ。

魔法陣の維持にも魔力を消耗する。それに高階位魔法の《双心法》での発動は、そちらに意識のリソースが割かれて、相手の行動への対応が疎《おろそ》かになる。

普通の相手であれば、こんなあからさまな真似《まね》をすれば、真っ直ぐには近づいては来ないだろう。だが、ナイアロトプは、俺を全く警戒に値する相手としては捉えていないようだった。また正面から真っ直ぐに近づいてくる。

俺の剣をナイアロトプは悠々と躱す。だが、これでいい。至近距離での白兵戦でどうにか動きの隙を作り、そこに《超重力爆弾《グラビバーン》》の二連撃を叩き込んでやる。

「趣向を凝らしてくれて嬉しいよ、カンバラ・カナタ。まだこのロークロア最後の演目を、せいいっぱい僕のために盛り上げようとしてくれているんだね」

ナイアロトプは話しながら飛び回り、俺の剣を回避する。

相変わらず、こんな状況でもナイアロトプは隙らしい隙を見せてはくれない。俺は片方の魔法陣を解放し、《超重力爆弾《グラビバーン》》を放った。ナイアロトプは黒い光の暴縮を軽々と回避し、素早く俺の死角へと回り込む。

「そろそろ僕も仕掛けてみようかな！」

ナイアロトプは右腕に触手を纏《まと》い、俺へと貫き手を放つ。俺は剣でその貫き手を受け止めた。ナイアロトプの触手に、俺の振るった刃がめり込む。

今なら当たる。俺は二つ目の魔法陣を解放し、即座に《超重力爆弾《グラビバーン》》をお見舞いした。

「おおっと……！」

ナイアロトプが背後へ逃れようとする。だが、黒い光の暴縮に巻き込まれ、引き寄せられる。黒い光が爆《は》ぜて、ナイアロトプの触手諸共《もろとも》、奴の右腕が引き千切れた。

「ぐぅう！」

ナイアロトプの礼服が破れ、《超重力爆弾《グラビバーン》》の衝撃を受けた腹部が抉《えぐ》れ、血肉が零《こぼ》れる。背後に飛んだナイアロトプは、片膝を突いていた。

「こ、この僕が、ニンゲン如きの攻撃を受けるなんて……！」

ナイアロトプは残った左腕で、自身の腹部を押さえる。

「なあんちゃって」

ナイアロトプが一転、驚愕《きょうがく》の表情から、余裕の笑みを浮かべる。ナイアロトプの右腕の袖から触手が伸びたと思えば絡み合い、すぐに腕を、礼服の袖ごと再生させた。すくりと立ち上がり、見下したような視線を俺へと向ける。

「期待しちゃった？　あまりに君が不甲斐《ふがい》ないから、君の見せ場を最後に演出しておこうと思ってね。どうだ、喜んじゃったかな？」

俺は息を整えると、ナイアロトプの言葉を鼻で笑った。

「寒い演技だな。やっぱりロークロアの運営と演出、向いてなかったんじゃないのか？」

「はあ……？」

ナイアロトプの眉間に皺《しわ》が寄る。

今の攻撃……わざわざ《超重力爆弾《グラビバーン》》に当たるために、刃に触手をぶつけるような真似をしてきたのはわかっていた。俺を笑いものにしたいがために、わざわざ劣勢を演出しようとしたらしい。

俺の魔法攻撃を敢《あ》えて受けることで、自分の頑強さを俺に示したかったのだろう。

ナイアロトプが白けた目で俺を見る。

「やれやれ、本当に可愛《かわい》げがない。もういいか……そろそろ充分だよね」

ナイアロトプの身体が捻じれる。捻じれながら彼の表皮が変質し、木の幹のようなものへと変わっていく。それと同時に、どんどん身体が大きくなっていく。

目や鼻、口も螺旋状《らせんじょう》に歪んでいき、顔と髪の一部が一体化していく。あっという間に全長三メートル程度の、樹《き》の化け物のような姿へと変異した。

「戦闘ショーはお終いだ。君の四肢を捥《も》ぎ、臓物を抜き、五官を潰す。本当は最初からそうしてやりたかったが……こっちには順序というものがある。上位存在の本当の力を教えてやる。さあ、恐怖し、震え上がり、泣き喚《わめ》け！」

ついに、ナイアロトプが正体を現した。真の姿が人型ではないことは初対面の際に知っていたが、ここまで醜悪な化け物になるとは思っていなかった。

目前に立たれているだけで圧迫感がある。気圧《けお》されそうになったが、俺は自身を鼓舞して剣を構える。

「《超重力爆弾《グラビバーン》》！」

俺は正面から、ナイアロトプへ魔法攻撃を仕掛ける。黒い光が一気に暴縮し、爆発を起こす。

ナイアロトプは、全く避けようともしなかった。奴の腕や身体の一部が剝がれるが、まるでダメージになっていないのはすぐに見て取れた。

さっきまでとは全く違う。ただでさえ、ずっと遊ばれているだけで、まともな戦いにさえなっていなかったのだ。本当にこんな頑強な相手を倒せるのか……？

俺が次の魔法陣を紡ごうとした刹那、目前にナイアロトプの巨体が迫ってきていた。ナイアロトプは既に、樹の幹のように巨大な腕を振り上げている。

反応する間もなく、大振りのナイアロトプの一撃を受けることになった。全身に衝撃が走る。ただの一撃で身体がバラバラになるかと思った。

受け身も取れず、地面を転がることになった。俺は地面へと手をついて起き上がろうとしたが、力が入りきらず、再び頭部を打ち付けることになった。

「まともに動くことさえできなくなったか。貴様には今より、あらゆる苦痛と死を体験させてやる。恐ろしいか、カンバラ・カナタ?」

ナイアロトプの巨体が近づいてくる。そのときだった。

「うん……なんだ?」

ナイアロトプが顔を上げる。俺とナイアロトプを覆っていた結界……《絶対聖域《アブソリュート・サンクチュアリ》》の光が、段々と鈍い色へと変わり、弱まりつつあった。

「どうした……これは、何が起きている?」

俺は地面に顔を伏せながら、自身の表情が弛緩《しかん》するのがわかった。間に合ったのだ。いや、ルナエールが、間に合わせてくれた。

6

「何が起きているというんだ……？」

ナイアロトプが狼狽《うろた》える。

奴の展開した《絶対聖域《アブソリュート・サンクチュアリ》》の結界の光はどんどんと損なわれていき、やがてはその光が消失した。

「……興奮して、僕が魔法を解いてしまったというのか？　いや、有り得ない。まさか主様が介入して結界を排除した……いや、とすれば、何のために？」

「ナイアロトプ……お前が焦って、この決闘のルールを適当に決めたあのとき……俺は、一番の賭けに勝ったんだ」

俺は声を振り絞り、そう口にした。

「何の話だ？」

「この戦いのルールに……第三者の参入を拒む条項はない……」

「なんだと？」

一対一という名目ではあるが、あくまで俺とナイアロトプ、片方の命が尽きた時点で敗北となる、というだけである。一対一を担保するのも、あくまでナイアロトプの結界魔法に依存したものだった。だとすれば、その結界魔法が解除された今、第三者が決闘に横槍《よこやり》を入れることに対して、ルールでの制限を行うことはできない。

「貴様……何を言って……！」

ナイアロトプがそう言った、そのときだった。

「土魔法第十階位《土塊蹂躙爆連弾《グラウンドミサイル》》！」

ロズモンドの声が響く。結界の向こうから、長球状の巨大な土塊が、幾つもナイアロトプ目掛けて飛来してきた。ナイアロトプの身体へと着弾したそれらは、大爆発を引き起こす。

それを合図にしたように、三本の刀を背負う巨漢、ノブナガが俺の前へと飛び出した。ノブナガは爆撃目掛けて刀を向ける。

「炎魔法第二十一階位《黒縄 大熱仏閣《コクジョウダイネツブツカク》》！」

巨大な魔法陣が浮かび上がったかと思えば、大きな寺院を模したかのような黒い炎が、爆撃の上から現れる。

「《世界巨人の斧《アトラスアックス》》！」

いつの間にやら上空へと跳び上がっていたコトネが、全長数十メートルの巨大な斧《おの》を、ナイアロトプ目掛けて投げ飛ばした。寺院を模した大きな炎を、巨大な斧が叩き割る。王都全土が大きく揺れた。

「精霊魔法第十階位《巨獣の激昂《ベヒモスアンガー》》」

ポメラが杖《つえ》を振るえば、巨大な犀《さい》を模した炎の塊が現れ、ナイアロトプへと突撃していった。

背後から肩を叩かれた。振り返ればロヴィスがいた。

「《短距離転移《ショートゲート》》」

俺とロヴィスを魔法陣が包む。気が付けば俺は、彼と共に離れたところに転移させられていた。

ルナエールがすぐ目前に立っていた。

「時空魔法第二十三階位《治癒的逆行《レトグレーデ》》」

白い魔法陣が展開され、俺の身体を暖かな光が包んでいく。あっという間に俺の負傷した身体が再生していった。

「ありがとうございます、ルナエールさん。作戦は上手く行ったんですね」

俺はお礼を口にしながら立ち上がった。

「もう少し、説明してくれればよかったのに……あと少し遅れていれば、大変なことになっていました」

ルナエールが安堵したように深く息を吐く。

ただ、それはできなかったのだ。ナイアロトプが気が付けば、さすがに決闘のルールを調整するか、何かしらの対策を打っていたはずだ。

俺がナイアロトプとの戦の直前にルナエールへと頼んだのは、《ラヴィアモノリス》の応用によって、ナイアロトプの結界を打ち消すことにあった。

《ラヴィアモノリス》は上位存在の使った魔法について記された石板である。防護結界の類であるということはルナエールが研究によって摑んでいたが、結局人の手で再現することは不可能であると結論が出ていた。そのため俺も、これ以上の解析は意味がないのではないかと思っていた。

『助言してやれるとしたら、連中は契約と信用を遵守するということと……それから、君達は既に重要な対抗策を持っているということだ。後は勝手に考えるがいい。私達の会話は、連中にも筒抜けなわけだからな』

しかし、ゾラスは、俺達が既に重要な対抗策を持っていると口にしていた。俺にはいくら考えても、この重要な対策の候補が、《ラヴィアモノリス》以外に思い至らなかった。

そこで俺は考えたのだ。使うことはできなくても、原理や構造を既に把握していれば、上位存在の結界魔法とて、解除する術が見つかるのではないか。そしてゾラスが上位存在が契約を重要視する話と、重要な対抗策の話をセットで行ったということは、俺がナイアロトプと交渉を行う際に、相手側が《ラヴィアモノリス》に刻まれている魔法を使う可能性が高いとゾラスが考えていたのではないか、と。

そしてゾラスの助言通り、《ラヴィアモノリス》の結界魔法こそが、ナイアロトプの《絶対聖域《アブソリュート・サンクチュアリ》》であった。

ゾラスはナイアロトプから俺達の情報を与えられていた。俺達が上位存在相手にロークロアを守るためにはこの手段しかないと、そう考えていたのだろう。

ナイアロトプが焦りによって、結界魔法頼りの穴のある決闘ルールを提示してくれるかどうか、そこが一番の賭けであった。あそこを乗り越えられた時点で、俺は天運が味方していることを感じ取り、勝利を確信していた。

だからこそ、どれ程圧倒的な力量差を見せつけられても立ち上がることができたのだ。

「くだらない策を弄して、散々この僕を虚仮にしてくれたね。羽虫共が図に乗るなよ……どれだけ束になろうが、この僕には勝てないんだよ！」

ナイアロトプは既に起き上がり、全身から触手を伸ばし、辺りへ攻撃を繰り返していた。とにかく牽制しながら、不意打ちでダメージを負った身体を再生しようとしている様子であった。

「キヒヒヒヒ！　当たるわけないだろバーカ！」

ラムエルが竜の翼で自在に飛び回り、ナイアロトプの触手を回避する。

「《極振り斬り《ダブルスラッシュ》》！」

伸びきった触手を、ミツルが大剣で叩き斬った。

「なんだ、案外柔らかいじゃねえか！　ナイアロトプゥ、オレ様と初めて会った日を覚えてるか？　散々見下しやがって、いつかぶっ殺してやろうと思ってたんだよ！」

ミツルが大口を開けて叫び、ナイアロトプを挑発する。

大きな黄金の門が突然ナイアロトプの目前に現れる。門が開いたと思えば、中から大量の、仮面を着けたゴーレム群団が現れ、ナイアロトプへと押し掛けていった。

「次から、次へと……！」

ナイアロトプが殺気立ちながら触手を振り回して破壊するが、ゴーレム群団は尽きる気配がない。どうやらヴェランタが大量に《万能錬金》で造っていたもののようだ。

「後ろがガラ空きじゃ！」

ノブナガが、ナイアロトプの背に刀の一撃をお見舞いする。ナイアロトプの巨体が大きく揺れた。

「カカカカ！　頑丈じゃのう！　これ程斬り甲斐のある木偶《でく》は初めてじゃぞ！」

ノブナガが楽しげに吠える。

ナイアロトプの混乱もあって奇襲が決まり、立て直す前に物量攻撃が効いている。だが、それでも、どれも決定打とはなっていない様子であった。

「行きましょうか、カナタ」

「ええ」

ルナエールの呼び掛けに、俺は頷く。皆がナイアロトプの隙を作ってくれている間に、俺とルナエールでナイアロトプを倒し切る。

7

魔法の嵐がナイアロトプへと降り注ぐ中、無数のゴーレム群団が奴へと押し寄せていく。

「舐めるなよ……羽虫共が！」

ナイアロトプが大量の魔法陣を展開する。

「時空魔法第二十八階位《消失の匣《キューブニール》》！」

ナイアロトプの周囲に、四つの白く光る立方体が現れる。立方体は激しく発光して消えたかと思えば、そこにあったものを綺麗にこの世界から削り取っていた。ヴェランタのゴーレムが百体近く消し飛ばされた。丁度立方体の境界面にあったゴーレムは、綺麗に切断されたかのようになっていた。

ゴーレム群団を続々と転移させていた黄金の大きな門も、ナイアロトプの魔法によって諸共消滅させられていた。

「……とんでもない魔法だ」

俺はルナエールと共にナイアロトプへと接近しながら、そう呟いた。

「今更あんな魔法に怖《お》じ気《け》づいている場合ではありませんよ。それに……どれ程の魔術師であっても、複雑な魔法を行使した後には隙が生じるものです」

ルナエールの言葉を裏付けるように、ナイアロトプは魔法の被弾数が増えていた。守りが疎かになっても、とにかく邪魔なゴーレム群団の数を減らしたかったらしい。

こちらの有利のようで、後がない。ナイアロトプは膨大なレベルとＨＰ、ＭＰを誇っている。戦力を削られて、ナイアロトプがまともに攻勢に出てくれれば、俺達はあっという間に全滅させられてしまうだろう。

それに黄金の大門を消し飛ばされたことで、これでヴェランタはゴーレム兵の数を維持できなくなったはずだ。ここからはどんどん相手の優位に傾いていく。この集中砲火に乗じて俺とルナエールで仕掛けるのが最後のチャンスだ。

「どう仕掛けますか、ルナエールさん」

「あの大きく頑強な身体を時空魔法で一気に削り飛ばしてやりましょう。上位存在といえど、身体の奥には人でいう脳や心臓に類するような、決して傷付けられてはいけない器官があるはずです。抉り出して、露出させてやりましょう」

ルナエールの言葉に俺は頷く。

しかし、俺の《超重力爆弾《グラビバーン》》でも、まともにナイアロトプの身体を削ることはできなかった。ルナエールと二人掛かりとはいえ、上手く行くだろうか。少し手数に不安があった。もっとも、ナイアロトプの頑強な肉体を消し飛ばせる時空魔法の使い手など、この場には俺とルナエールしかいないのだが……。

すぐ前方で、フィリアがナイアロトプの触手に襲われているのが見えた。フィリアは咄嗟《とっさ》に自身の前に、顔の描かれた巨大な盾を展開する。だが、盾越しに触手の一撃を受けて、こちらまで突き飛ばされてきた。

「きゃあっ！」

俺はフィリアを抱き止める。

「ありがとう、カナタ」

安堵したようにフィリアが俺を振り返る。彼女の顔を見て、俺はふと閃《ひらめ》いた。

「フィリアちゃん……ルナエールさんに化けて、四人に分身してもらうことはできますか？」

俺が尋ねると、フィリアは一瞬きょとんとした表情を浮かべたものの、すぐ満面の笑みへと変わった。

「フィリア、できる！」

俺とルナエールは、フィリアを連れてナイアロトプの周囲を飛び回り、隙を探る。

「《消失の匣《キューブニール》》！」

また四つの立方体が周囲に展開され、ヴェランタのゴーレムが一気に消し飛ばされる。うじゃうじゃとこの場に押し寄せていたゴーレム群団は、もはや壊された残骸の山しか残っていなかった。

「ぐううう……！」

また、立方体に身体の一部を巻き込まれたノブナガが、大量に出血してその場に崩れ落ちた。肩や腰、足の一部が消し飛ばされている。

ナイアロトプの消失魔法を前に、他の皆も接近を怖がっているようだった。無鉄砲に近づけばノブナガのように身体の一部を消し飛ばされるか、悪ければそのまま自身の存在そのものを消し去られてしまう。

「散々粘ってくれたが、これまでのようだな……！」

ナイアロトプが咆哮《ほうこう》を上げる。

ゴーレム群団が消えて、白兵戦でナイアロトプ相手に戦える貴重なノブナガが倒れ、全体の士気もここからは下落するだろう。

今、ナイアロトプは《消失の匣《キューブニール》》を行使した直後で、意識に隙が生まれている。ここを全力で叩くしかない。

フィリアの化けている四人のルナエールが、ナイアロトプの背へと突進していく。

「四連《超重力爆弾《グラビバーン》》どーん！」

ナイアロトプの背に黒い光の四連爆撃が炸裂《さくれつ》する。

「ぐううう！　貴様……！」

ナイアロトプの肉体がどんどん抉られ、削られていく。

俺はフィリアに続き、ルナエールに背を押される形で、飛行しながら向かっていた。ルナエールが俺に先行し、二つの魔法陣を並行展開する。

「《超重力爆弾《グラビバーン》》！」

ルナエールの放った二発の《超重力爆弾《グラビバーン》》が、重ねてナイアロトプの背中へとぶつけられた。

俺はナイアロトプの削れた肉体の奥に剣を力いっぱい突き刺した。

「《超重力爆弾《グラビバーン》》！」

剣先で黒い光が爆発し、ナイアロトプの血肉が飛び交う。これで合計《超重力爆弾《グラビバーン》》七連撃である。

毒々しい赤黒い、肉の塊へと行き着いた。肉塊は膨張と収縮を繰り返している。これがナイアロトプの重要な器官と見てよさそうであった。

俺はそのまま飛行の勢いのまま肉塊に突撃し、斬撃をお見舞いした。肉塊が赤黒い液体を撒《ま》き散らす。俺の身体はナイアロトプの肉体を貫通し、反対側へと抜け出ていた。

「カンバラ……カナタァアアアアアア！」

ナイアロトプの白眼《しろめ》を剝《む》いた眼球が、俺へと向けられていた。奴は、まだ生きていた。

俺はもう、この一撃に全てを懸けるつもりで、着地のことなど考えていない無茶苦茶な体勢であった。

ナイアロトプの伸ばした触手が、俺の背へと追い付こうとする。

このままでは、とてもあの触手を捌《さば》けない。いや、ここでトドメを刺せなければ、ナイアロトプはすぐに損傷した肉体を再生させるだろう。そうなれば、とても俺達に勝ち目はない。

「このままじゃ……！」

そのとき、俺の身体に何か、生暖かいものが巻き付いた。一瞬別方向から向かってきたナイアロトプの触手かと思ったが、そうではなかった。

ノーブルミミックの舌であった。

「ノーブル……！」

ノーブルミミックは俺の身体を乱暴に振り回すと、ナイアロトプの方へとぶん投げた。

「行ッテコイ、カナタァッ！」

俺の身体は、ナイアロトプの触手をすり抜け、奴の身体に空いた大穴へと戻っていた。露出した奴の臓器のようなものが視界に映る。俺の先の斬撃で抉られ、弱々しく脈打っていた。

俺はそこへと、全身の力を込めて刃を突き立てた。

「馬鹿な……この僕が、下位次元の、人形如き相手に……？」

ついにナイアロトプの巨体が倒れた。

8

俺は倒れたナイアロトプの巨軀《きょく》の上で、息を切らしながら奴の顔を見下ろす。捻じれた顔についている奴の二つの眼球は、強い怒りと戸惑いの色を帯びたまま、その時間を静止させていた。まさか自分が負けるとは、最後の最後まで思いもしなかったようだ。

その眼球を見て、ナイアロトプは本当に死んでいるのだと、俺はそう確信した。ゆっくりと剣を下ろし、鞘《さや》へと戻した。

「この勝負……俺達の勝ちです！」

ナイアロトプの上に立ち、俺はそう宣言した。

「勝った……じゃあこの世界は、無事なんですね」

ポメラは緊張が抜けたらしく、へなへなとその場にしゃがみ込んだ。

「よくやったぞ小童《こわっぱ》！　カカカ！　これ程愉快なことがあろうか！」

ノブナガが勝ち誇ったような哄笑を上げる。

「フフフ……これで、終わったのだな……全部……ようやく……。ああ、目前の光景が、まだ信じられん気持ちだ……」

ヴェランタがそう口にする。仮面の奥から、涙が漏れた。ロークロアの真の平和を最も望んでいたのは、ヴェランタだっただろう。何せ、そのためだけに彼は、数千年と生きてきたのだ。

各々が勝利を噛み締めていた、そのときだった。聞いたことのない未知の言語と、大きな喝采の渦が俺達を包み込んだ。

大空に浮かんでいた上位存在達だった。顔と共に無数の巨大な手が現れて、拍手を行っている。どうやら俺達の勝利を祝福しているらしい。

なんだか複雑な気持ちだった。結局ナイアロトプに勝とうとも、俺達は奴らの見世物でしかないのだという、その現実を突きつけられた。

しかし、それでも、奇跡的な快挙には違いない。これでロークロアは救われる……そのはずだ。

俺は空の上位存在達に向かって叫ぶ。

「これで俺達は、ナイアロトプとの契約通り……今後、ロークロアは上位存在の介入を受けず、世界が消去されることもない。そう考えていいんですよね？」

確認しておかなければならないことだった。契約相手のナイアロトプは命を落としているし、こちらはルールに則《のっと》っているとはいえど卑怯《ひきょう》な手も使っている。そもそも最初から、向こうに契約を守る意志がどの程度あったのかも定かではないのだ。

答えは、しばらく返ってこなかった。不安を押し殺しながら、俺は空を睨む。返答があったのは一分以上が経過してからだった。

「私は上次元界を創った者……最高位の神に当たる。唯一の存在のため、私自身のための名はない」

どこからともなく声が響いてくる。

最高位の神……。

「カンバラ・カナタ……お前の神殺しの英雄譚《たん》は、私を全く退屈させないものだった。このような偉業を成し遂げたニンゲンは、これまでただの一人もいなかった。私の名に懸けて、必ずロークロアは存続させ……そして、こちらからの介入も行わないと誓おう」

その言葉に俺は安堵した。相手の立ち位置や、上次元界の事情は知らないが、ひとまずこれでロークロアは無事だ。

「カンバラ・カナタよ、私の御前に来い。この私をここまで楽しませたのは、上位存在共を含め、お前が初めてだ。褒美を取らせよう」

最高位神の言葉が響く。それと同時に、俺のすぐ横に、次元の歪のようなものが浮かび上がった。どうやらここに飛び込めば、最高位神の御前とやらにいけるようだ。

周囲に浮かぶ上位存在共が、興奮したような雄叫《おたけ》びを上げる。どうやら上位存在の間では、最高位神に呼ばれるということは大変な名誉なのだろうと窺《うかが》えた。

こちらから向かいたいなどと頼んだつもりはないのだが、随分と勝手な盛り上がりようだ。それでこっちが喜ぶと思っているのだろうか。

「……わかりました。伺わせていただきます」

俺は頭を下げると、ナイアロトプの上から降りた。次元の歪へと近づいたとき、ルナエールに手を摑まれた。

「カナタ……本当に向かうのですか？　危険かもしれません……断るべきです。なんなら、私が代わりに行くか、ついて行った方が……」

「ありがとうございます、ルナエールさん。ただ……相手の言葉に従わないのも危険だと思います」

最高位神の褒美だか知らないが、どうでもいいというのが本音である。押し付けがましいとしか言いようがない。

ただ、断って不興を買えば、ロークロアを上位存在から解放できた今の状況が台無しになる可能性もある。素直に好きになれる相手ではないのだが、好意的に接する他ないだろう。

「無論……カンバラ・カナタ、一人で来い。代理や同行は認めない。もっとも……来ないという選択を取るのならば、私はそれで構わないが」

最高位神の声が聞こえてくる。

「……と、いうことのようです。俺一人で向かいます」

「わかりました……」

ルナエールがすごすごと引き下がる。俺はルナエールを安心させるために彼女へと笑顔を向けた後、次元の歪へと手を突き入れた。その瞬間、俺は歪の中へと吸い寄せられた。

気が付いたとき、俺は真っ白の空間の中にいた。

目前には、石を切り出したような簡素な足場が浮かんでおり、それが遥か高みまで連なり、階段のようになっていた。上ってこい、ということらしい。

俺は階段を一段一段昇っていく。

その一番高いところで、王座に座る、全長数十メートルに及ぶ、巨大なナニカがいた。

それは辛うじて人のような輪郭を保っていたが、色も、形状も、とても俺の持っている言葉や概念では形容できない、異様な姿をしていた。そして人間でいう顔の部分は、思考に靄が掛かったように、俺はそれを認識できなかった。

とても現実感がない。相手を目にしているだけで、これが現実なのか、自分が頭に思い描いた妄想なのか、理解ができなくなってくる。

この相手が上位存在の親玉だと、俺は否応《いやおう》なしに認識させられてしまった。ナイアロトプと比べても、あまりに存在の格が違い過ぎる。

「御足労感謝する。異世界転移者、カンバラ・カナタよ。こうして呼び付ける必要はなかったが、それでもやはり、一度顔を合わせて話をしてみたかった」

9

「あまり気分はよくなさそうだな。我々を恨んでいるかな？」

最高位神が、俺を見下ろして言葉を投げ掛けてくる。

「……規模が大きすぎて、俺にはもうわからない、というのが正直な気持ちです。あなた達がいなければ、そもそもロークロア自体が存在しなかったのでしょうから」

俺はそう答えてから、しばし間を空けて、再び口を開いた。

「俺は、何を期待されてここに呼ばれたのでしょうか？　俺はたまたま巡り合わせで、ルナエールさんに拾われてレベルを上げて……周囲の方々に助けられて、気が付けば成り行きでロークロアを守ることになり、ナイアロトプと戦うことになっただけです。あなたが期待するようなものは、俺は何一つ持ってはいないと思います」

「ただ成り行きで、か。ニンゲンの身でデミゴッドを殺した英雄にしては謙虚なものだ。安心するといい。私は君に、何かを求めているわけではない。言っただろう？　与えるために呼んだのだと」

「与えるため……」

最高位神は、俺に褒美を取らせたいと、そう言っていた。

「上位存在のトップに立つ御方《おかた》が、いったい俺に何を授けてくれるのでしょうか？」

正直、何も期待してはいない。今更俺が欲しいものなんて何もない。ロークロアの存続も達成され、ルナエールも俺も命を落とさずに済んだのだから。上位存在には、ロークロアの維持と、不干渉さえ徹底してくれれば、それ以上は何も関わらないでほしいというのが本音だ。

「それは君が決めるといい。私が唯一君に期待することといえば、ここで君が何と答えて私を楽しませてくれるか、ということくらいだ」

それは……いわゆる、願いを一つ叶《かな》えてやろう、という奴なのだろうか。ただのお遊びで創世できる連中の親玉である。なんでも叶えてやると言えば、きっとそれは誇大広告でもなんでもなく、ただの事実なのだろう。

「おっと、気負って突飛な答えを求めているわけではない。ここまで来た君が、何を望むのか。私はただ、それを聞きたいだけなのだからね」

「……高階位の魔法は、創世でも、人の願いを叶えることでも、自由自在というわけですか」

「高階位……か。勘違いをしているようだ。魔法のランク分けなど、ただ下位神の力を制限するためのものに過ぎない。上位の神々は皆、魔法のランクも、レベルも有してはいない」

俺はつい、溜め息を吐いた。俺達がナイアロトプにどうにか勝てたわけだ。元々力を俺達と同程度まで落として作られた下位神の一人がナイアロトプだったのだ。奴もまた上位神の人形に過ぎなかったのだと、認識させられてしまった。

「下位神はただ、階位付けで区切られた範疇の魔法を全て扱える力を与えられただけの、土人形といったところだ。私には、枷《かせ》も境界もなく、ありとあらゆる願いを叶える力がある。限界など、何も気にする必要はない。私は真に全知全能なる存在だ」

一切の臆面なく、最高位神はそんなことを言ってのける。

「そうですか、それは……酷く退屈そうなものですね」

願ったものが際限なくその場で叶うだなんて、それはベッドで呆けて妄想しているのと何が違うのだろうか。

呟いて自分の言葉を再認識して、俺は慌てて訂正した。

「あ、いえ、すみません」

「クク、ククク……」

最高位神は手を口許《くちもと》に浮かべ、押し殺すように笑い始める。

「酷く退屈……か、ああ、その通りだ。だからこそ私は、枷を課して神々を生み出し、私を楽しませることのできる存在を探し続けているのだから」

今更ではあるが、あまり余計なことを話すべきではないだろう。最高位神は一見、温厚で、友好的に見える。あの残酷なナイアロトプの親玉とはとても思えない。

しかしそれは、俺が最高位神を楽しませた、数少ない存在だからに他ならないのだろう。何か一歩踏み間違えて機嫌を損ねれば、俺では想像も付かないような、恐ろしい事態が起こるような気がしてならない。

俺は願いについて考える。俺がここで願うべきことなど、何があるというのだろうか。ルナエールとの再会を果たし、ロークロアの滅亡を妨げ、上位存在からの干渉を切り離すこともできた。

ここで仮にお前達など滅びてしまえと願えば、この目前の最高位神はそれを実行するのだろうか？　それはゾラスの悲願でもあったはずだ。彼には大きな借りがある。俺からしてみれば今更上位神だのどうでもいいことだが、しかし、ゾラスの復讐《ふくしゅう》の肩代わりという意味では、俺にはそれを願うだけの理由がある。

……いや、だとしても、最高位神の機嫌を損ねるリスクを背負って、実行できるものではない。何せそれを願うためのチップに、ロークロアの世界も加わることになるのだから。

「……地球に想い残したことがあるんです。家族がいますし、両親の墓もあります。一度地球に戻してもらって……それからまた、ロークロアに送っていただくことはできますか？」

しばらく考えた後、俺は最高位神へとそう話した。地球への帰還は、上位存在の手を借りなければ絶対にできないことだ。

「ほほう……なんでも叶えると言っているのに、とても謙虚なことだ。しかし、それを叶えることはしない」

「なっ……それは、どうして、ですか？」

「つまらんからだ。くだらない言葉遊びで幅を広げられては興が削《そ》がれる。送って、また戻すなど、見方によっては二つともいえる。君に選ばせるものは一つだけだ。地球に帰りたいというのならば、それでお終いだ。その後また戻してほしいということは受け付けない」

……地球に戻りたいのならば、片道限定、か。くだらない言葉遊びをするなと言っている以上、一時的に地球に戻してほしいという言い方や、願いを二つ増やしてくれという定番のお願いも無効ということだろう。

「よく考えるといい。たとえば……上位神の一員にしてやることも可能だ。私のように完全な全知全能とはいえずとも、君の想像しうる全てのことは行えるだろう。君が我々の一員になるのならば大歓迎だ。創世も、永遠の寿命も、思いのままだ」

「申し訳ないですが……俺は他人の命を弄ぶのも、永遠に生き続けるのもごめんです」

全知全能になっても退屈に苦しむだけだというのは、目前の最高位神様本人が実証してくれていることだ。今更俺が身を以て再確認する必要もないだろう。

俺はしばらく目を瞑って考えてから、ゆっくりと口を開いた。

「俺の願いは――――」

第四話■不死者のプロポーズ

1

俺がナイアロトプを倒し、ロークロアを救い、最高位神と面会した三日後……俺達はヴェランタの建てた塔の大きなホールに集まり、祝勝会を開いていた。

立食パーティー形式であり、テーブルには豪勢な食事やお酒が並んでいる。

ナイアロトプとの戦いにいたメンバーだけではなく、下準備や世界の布石回収に協力してくれていた人達も集まっているようで、全体で千人近い規模のパーティーとなっていた。ソピア商会絡みの商人や傭兵《ようへい》、ロークロアの世界を裏側から支配しているようなフィクサー達が大半のようだ。

竜王リドラや、ワーデル枢機卿《すうききょう》なんかの姿もあった。どこの繋がりから引っ張ってきたのやら。

意外なところでは、魔法都市マナラークのギルド長のガネットの姿まであった。

……どうして一都市のギルド長がこんなところへ？　ずっと只者《ただもの》ではないと思っていたが、もしかしたら本当に俺の知らない裏の顔があったのかもしれない。

別に世界の危機があった数日後に、タイミングで急いで人を集めなくても……とは思ったのだが、ヴェランタ曰《いわ》く、ロークロアの裏の権力者達に今回の事件について極力歪曲《わいきょく》のない形で伝え、かつ今後の新しい平和なロークロアを創るための繋がりを築くために、このタイミングでの祝勝会は外せないのだと熱弁されてしまった。

ロークロアの遠方から来た方達もたくさんいる。自前の特別な転移手段を持たない人間は、全員ヴェランタが直接回って連れてきたそうだ。随分な力の入れようである。

確かにロークロアから上位存在の影が消えたとはいえ、レベルが支配する歪《いびつ》な世界であるということは変わらない。世界の平和を勝ち取った祝勝会として権力者を一ヵ所に集めて繋がりを作っておくことは、欠かせないことなのかもしれない。

「カナタしゃん……お酒、お酒がいっぱいありますよ！　ポメラがいっぱい注《つ》いであげます！」

「俺はお酒はあまり得意ではないので……」

顔を真っ赤にしたポメラが、酒樽《さかだる》を抱えて歩いてきた。禁酒していたはずだが……まあ、今日くらいは許してあげるべきだろう。今日のような日に飲まなければ、永遠に飲めなくなってしまう。

「ポメラ、お顔真っ赤でかわいい！」

フィリアがポメラの横で、きゃっきゃきゃっきゃと燥《はしや》いでいる。

俺は会場の端っこで、ポメラ、フィリア、そしてルナエールとノーブルミミックで集まっていた。主役とは思えないような形だが、騒がしすぎるのはあまり好きではないので、あまり俺のことを話して回らないようにヴェランタに頼んでいたのだ。

そうでもなければ、今頃権力者達に囲まれて気を遣われ、居心地の悪い思いをしていただろう。

丁度視線の先では貴族や商人に囲まれて声を掛けられ、不貞腐《ふてくさ》れた表情のコトネが目に付いた。あの子もあまり人の群れが得意なタイプではなかったはずだ。

ロズモンドがせっせと人払いを行っているが、レベル千超えの救世主様とここで面識を持っておきたいと思っている人間が多いようだ。次から次へと人が集まってきては、ロズモンドのしかめっ面がどんどん険しくなってきている。ラムエルはその様子を見て、腹を抱えて爆笑していた。

彼女達の近くには、なんと商業都市ポロロックで出会った魔導細工師の少女、メルの姿もあった。どうやらポロロックの臨時領主のイザベラもこのパーティーを訪れており、メルはイザベラの付き添いとしてやって来たようだ。

イザベラはグリード商会の金銭の流れを巧みに操り、大商公グリードの遺産の大部分を抱え込んでおり、その影響で大陸でも三本の指に入る富豪となったそうだ。その影響力と商人としての手腕を鑑みてこの場に招かれたのだろう。

「温《ぬる》い酒しかないのう！　かつてのヤマトの酒は、もっと強いものばかりじゃったが！」

パーティーの中央では、ノブナガが豪快に酒樽で酒を飲んでは、大きな笑い声を上げていた。

……あの人、普通に人前に出ていいような存在だったっけ？　いや、元々上位存在の思惑で身を隠すことになっていただけだから、今は別に構わないのか。

相当危ない人物だと聞いていたが、結局俺が魔刀の弱点を探ってぶつかる前に、ルナエールが倒してしまったのであまり彼の人格については覚えがない。こうして見ていると、ただの気のいいオッサンにしか見えないが。

そのとき、ノブナガが俺の方を、目を見開いて睨みつけていることに気が付いた。信じられないものを見たといわんばかりの目であった。

俺は何か、彼に対して失礼を働いてしまっただろうか？　いや、よくよく視線の先を見ると、俺ではなくポメラの方を睨みつけていた。ポメラもまた、ノブナガへと視線を返していた。

「ライバル……！」

ポメラが酒樽を抱える手の力を強める。

「……張り合わないでください」

俺は溜め息を吐いた。

俺は会場の前の方へと目をやる。仰々しい舞台の上にヴェランタが立っていた。

「皆忙しい身でありながら、ロークロア中から駆け付けてくれたことに感謝を示したい。ここに集まった方々であれば、創世のとき、一万年以上前よりロークロアが大いなる存在によって支配されてきたことなど、とうに既知のことかと思う。だが、先日我の許に集った勇者達の健闘によって、ついにその支配からロークロアは解放されたのだ！　この奇跡は、勇者達だけのものではなく、このロークロアで懸命に生き、時に犠牲になって来た者、彼ら全ての高潔な魂が導き、大いなる者の討伐に繋がったのだと我はそう信じたい。大いなる者に都合のいい舞台人形であり続けるのではなく、自分自身の意志を持って世界を切り開こうとしてきた者達がいたからこそ、我々は我々のための世界を勝ち取ることができたのだ、と。しかし、新時代の始まりとは、決していいことばかりではない。今までとは違い、今後のロークロアは、ロークロアに住まう我々自身が、この世界を守っていかなければならないということも同時に意味する。我は今日この場に集まった方々の力を借りて、新世界の秩序を守りたいと考え……」

ヴェランタはずっと演説を続けている。よくもまあ、尽きずにずっとあれだけ言葉が出るものだ。俺は数千年の悲願を果たしてしまったヴェランタが、燃え尽き症候群になってしまうのではないかと考えていたが、どうやらその心配はなさそうであった。ヴェランタは新時代の秩序を守るという新しい目的を既に見つけており、そこに随分とご執心のようだ。

「そういえばカナタ……結局最高神には、何を願ったのですか？」

ルナエールが不安げに俺へと尋ねる。

「いえ、その……」

俺はここ数日、ルナエールやポメラ、ヴェランタから散々この質問を繰り返されてきたが、答える勇気が出ず、大したことではない、とずっと引き延ばしていたのだ。

気恥ずかしいというか、冷静になると一人でのぼせ上がって勝手な思惑であんなことを願ったのは相当痛々しいというか……いや、願い自体は大したことではないのだが、『なんでそんな願いを？』と訊《き》かれると、途端に返答に困ってしまうのだ。

しかし、それも延々と続けているわけにはいかない。最高位神への願いを、やっぱり冷静になったから痛々しいからなかったことにするだなんて、彼の不興を買ってロークロアごと消し飛ばされてもおかしくはない。

『ナンデソンナ引ッ張ルンダ。ドウセ、大シタ事ジャナイダロ？』

ノーブルミミックが退屈そうにそう話す。

「そう……ですね、ええ。まあ、なんだろう、言ってしまえば……」

このまま軽い雰囲気で話してしまおうかと考えたが、俺が話し始めた途端、ルナエールも、酔っていたはずのポメラも、真剣な顔で俺をじっと見つめていることに気が付いた。

「その……ええと、俺、元の世界に帰ろうと思うんです。それで、ええっと……」

俺は声量を落とし、誤魔化すようにそう口にした。その途端、ポメラの赤らんだ顔が一気にシラフの真顔になった。

「カナタさん……元の世界に、帰るんですか……？　なんでそんな大事なこと、これまでポメラ達に黙ってたんですか？」

ポメラが俺の肩をがっしりと摑む。

「いえ、そうなんですが、その……」

俺がしどろもどろになっている間に、ルナエールはさっと顔を伏せたかと思うと、この場から高速で姿を消した。

「あっ……！」

追い掛けようとしたが、冷たい目をしたフィリアにもがっしりと腕を摑まれた。

「カナタ、まずはちゃんとポメラとお話をするべき」

「オレガ主ヲ捕マエルカラ、スグ追イ掛ケテコイ！」

ノーブルミミックは俺へとそう言うと、高速で跳び回ってルナエールを追い掛けていった。

2

俺はムッとした表情のポメラとフィリアに腕を摑まれていた。

「どういうことなの、カナタ。元の世界に帰るって。あの人のところに行く前に、ちゃんとポメラに説明してあげて。じゃないとフィリア、カナタのことキライになるから」

フィリアはムッとした表情で俺を見上げる。

「それは、その……」

俺が言葉に詰まっていると、ポメラが首を振った。

「言い難《にく》いなら……じゃあその話は、後でもいいです。代わりに、ポメラからのお話、聞いてください」

「ポメラさんのお話……ですか？」

ポメラは自分からそう切り出しておきながら、しばらく俺の腕をぎゅっと強く握りしめたまま、言い難そうに唇を噛んで、一人であれこれ思案しているようだった。だが、やがてぎゅっと唇を結ぶと、決心がついたように俺の両手を握った。

「ポメラは……カナタさんのことが、ずっと大好きでした！　うだつが上がらない白魔法使いで、ロイさんのパーティーでも雑用係だった私の話を親身に聞いてくれて……一緒にパーティーを組んでくれて……ばかりか、ポメラの修行までつけてもらって……！　えへへ、あのときの修行は、ちょっとびっくりしちゃいましたけど……今となっては、本当にいい思い出なんです。ポメラ、自分のこと、全然好きじゃなかったんです。カナタさんのお陰で自分に自信が持てるようになって、ロイさんのパーティーを出て、アーロブルクを出て……それで視野が広がって、そこでようやく、人の目ばっかり気にしなくていいんだって、自分の思うように生きていいんだって、そんな当たり前のことに気が付けたんです」

「ポメラさん……」

ポメラは顔を赤くして、じっと俺の目を見つめている。フィリアはじっと真剣な面持ちでポメラを見て、彼女を応援しているかのようだった。

「最初は凄《すご》い人なんだなって、憧れてたんです。でも、一緒にずっと旅をしていたら、カナタさん

は凄い力を持っていて、人より優しいだけで、別に世間に詳しいわけじゃなくて、ちょっと抜けたところもあって、行き当たりばったりなところも多くて……いえ、馬鹿にしてるわけじゃないんです。ただ、そういうところも全部含めて、可愛げがあって……ポメラは、カナタさんのことが大好きです。ですから、ポメラはずっと、カナタさんに一緒にいてほしいんです！」

俺は逡巡《しゅんじゅん》したが、ポメラの言葉には、正面から答えなければならないと思った。

「ありがとうございます、ポメラさん。ポメラさんの気持ちは、凄く嬉しいです。でも……俺は、ポメラさんの気持ちには、応えられません」

「えへへ……そう、ですよね。ポメラ、知ってましたから。ポメラは、ルナエールさんのことを凄く真っ直ぐに想っているカナタさんも、本当に大好きでした」

ポメラが目を拭う。指先が、涙で濡《ぬ》れていた。

「駄目ですね、やっぱり。お酒飲むと、色んな感情が綯《な》い交《ま》ぜになって、涙なんて出てきちゃって。ポメラ、こんなときに、カナタさんに格好悪い姿、見せたくないのに。勢いで、こんなこと言っちゃって……やっぱり、お酒が全部悪いです」

「ポメラさんが気持ちを伝えてくれたこと、本当に嬉しかったです。ですからそんな卑下するようなことを言わないでください」

俺の言葉に、ポメラの目から一気に涙が溢れてきた。

「狡《ずる》いですよ、カナタさん……そんなこと言うなんて」

「ポメラ、格好悪くなんてない！　格好よかった！　お疲れ様！」

フィリアがコップにお酒を注ぐと、ポメラへと差し出した。

「ありがとうございます、フィリアちゃん」

ポメラがお酒を口にする。

「ポメラさんが俺をそんなふうに想ってくれていたなんて、知りませんでした」

「げほっ！」

俺の言葉にポメラが咽《む》せた。

「さ、さすがに嘘ですよね！　結構その……ポメラ、自分の気持ちを隠すの、そんな得意な方じゃなかったと思いますよ!?　何でここにきてしらばっくれてるんですか！」

ポメラからまた肩を摑まれる。

「フィリアも気づいてたのに？　フィリアさえ気づいてたのに？」

フィリアからも詰め寄られる。

「い、いえ、本当に……すみません。昔から人の気持ちを読むのは、そんなに得意ではなくて……。酔ったときは、いつも滅茶苦茶《めちゃくちゃ》なことを口にしているなとは思っていたんですが……」

「やだぁ、なんでポメラ、カナタさんなんて好きになったんだろ」

ポメラは立食用の机にがっくりと両膝を付けて項垂《うなだ》れた。

「すみません、本当に、その……」

「もういいですもん！　カナタさんなんて知りません！」

ポメラはそう言うと、近くのワインボトルを手繰り寄せ、一本丸々飲み干していた。完全にヤケ酒モードである。

「ポメラ、元気出して。フィリアがついてる」

フィリアがポメラの肩へと手を置いた。ポメラは力いっぱいフィリアを抱き締めた。

「ありがとうございます、ポメラにはもうフィリアちゃんだけです！　フィリアちゃんにカナタさんに化けてもらって、フィリアちゃんと幸せになります！」

「えへへ、フィリアもね、ポメラのこと大好き！」

そこに愛はあるのだろうか。

二人の様子を見ていると、ポメラが俺の顔を見上げた。

「いつまでここにいるつもりなんですか、カナタさんの甲斐性《かいしょう》なし！　とっととルナエールさんの方に行ってあげてください！」

「……ありがとうございます、ポメラさん」

俺はそう言って頭を下げると、パーティー会場を走り、ルナエールの後を追い掛けることにした。

3

「カナタ、ココダ」

ノーブルミミックに連れられ、俺は塔の倉庫前へと来ていた。

「ありがとうございます、ノーブル。あなたにはいつも、本当に肝心なときに助けられます」

「ダロ？　オレッテ、イケテル宝箱ダロ？」

宝箱界隈《かいわい》のことは知らないが、ノーブルがいけてる奴であることは間違いない。ルナエールとの仲をこれまで取り持ってくれて、ナイアロトプに最後の一撃を与えるのにアシストしてくれて、今もこうしてルナエールの隠れ家を暴いてくれたのだから。

「では一緒に……」

「何言ッテンダ、カナタ」

ノーブルミミックが呆《あき》れたように溜め息を吐く。

「ココハ、オマエ一人デ行クトコロ、ダロ？」

「……本当にありがとうございます、ノーブル」

ノーブルミミックが舌を器用に絡めて、グッドサインを作ってくれた。俺もノーブルへと、指でグッドサインを作って返した。

「ルナエールさん、ここにいるんですよね……？」

「いません」

俺の言葉に冷たい答えが返ってきた。

「いや、でも、返事があるってことは、いるってことで……」

「何の相談もなく想い人に異界に帰られるような私なんて、いないも同然です。カナタもそう思っているから、帰ると決めた挙げ句に、私に何も話してくれなかったんですよね」

「いいえ、本当に誤解なんです。実は俺、地球に一度帰りたいとは思っているんですが、それはずっとじゃないんです。実は俺、地球とロークロアを行き来できるんです」

「えっ……？」

ルナエールが倉庫の扉を静かに開けて、じっと俺の顔を見つめる。

地球に帰るなら帰るだけ、またロークロアに戻ることは認めない。最高位神から出された願い事の制限であった。くだらない言葉遊びも認めないと、最高位神はそう言った。

しかし、実は俺は、その抜け穴を見つけていたのである。

『ナイアロトプのような下位神と同じく、魔法を全て使えるようにしてください』

俺の願いを聞いた最高位神は一瞬反応に困った後、大声を上げて笑い始めた。

魔法の中には時空魔法の第二十八階位に当たる、《次元間転移《アナザーゲート》》というものが存在する。別の世界を繋ぐ転移魔法である。

魔法を全て使えるというのは下位神の定義でもある。局所的な概念を用いて、言葉を歪曲して願いの数を稼ごうとするのは認めない、という最高位神の制限にも引っ掛からない、というロジックである。

それ自体が小賢《こざか》しい言葉遊びのようだと怒られるかもしれないとは思ったが、最高位神は俺の論理を面白いと納得してくれたらしく、認めてくれたのだ。

だから俺は今、下位神が使える程度の、定型立てられた枠組みの中の魔法であれば、全て使用することができる。《次元間転移《アナザーゲート》》もその内の一つであるため、自在に地球とロークロアを行き来できるのだ。ポメラにも申し訳ないのだが、だからこれが今生の別れになるということでもない。

「じゃっ、じゃあ、なんで勿体《もったい》振っていたのですか！　カ、カナタは、私をからかって遊んでいたのですか！」

ルナエールが、顔を真っ赤にして俺の襟許《えりもと》を摑む。

「ち、違うんですよ！　本当に、その……みみっちい話で申し訳ないのですが……実はこのことと同時にルナエールさんに言いたいことがあって……でも、そっちの決心が付かなくて……」

「私に言いたいこと……ですか？」

ルナエールがぱちりと目を瞬《まばた》かせる。

俺はルナエールの手を、がっしりと両手で摑んだ。

「ルナエールさん……俺と結婚してください！」

「え、あ、ああ……な、何を言っているのですか、カナタ！」

ルナエールは、顔を火が出る程に真っ赤に染める。

「ルナエールさんは、自分は下手に人里に出られない……だけど、俺には《地獄の穴》《コキュートス》に引き籠もらずに人間らしい生を謳歌《おうか》してほしいと、そう言いました！　俺は、散々ロークロア中を見て、世界を救ってきました！　追い出す理由なんて、何一つないはずです！」

「そ、そそ、そうかもしれませんけど、でも、やっぱり……！　気が早いといいますか、やはりカナタをずっと《地獄の穴》《コキュートス》に閉じ込めるのは、気が引けるといいますか……！」

ルナエールは瞳をぐるぐるとさせて、俺から目を逸《そ》らす。

ルナエールが世界を出歩けないのというのは、ずっと過剰なのではないかと俺は思っていた。しかし、ルナエールが拘束されて拷問を受け、霊薬の材料にされた過去があると知って、あながちそれが単に過剰というわけではないことを知った。

彼女の存在は恐怖や宗教的な対立を生む。本人があれだけ人前に出ることを嫌っていたことにも納得がいった。だから安易に、一緒にロークロアで陽の当たる場所で生きようと、彼女に提案する気にはなれない。

しかし俺には、だからこその提案があった。

「俺と一緒に一度地球に来てください！」

「どうしてそうなるのですか!?」

「勢いで言っているわけじゃありません！　ずっと考えていたんです。そもそも俺がルナエールさんを怖がらずに触れ合えたのは、俺が魔法とは無縁な世界から来たから《冥府の穢れ》を感知できないからかもしれないって、そういう話があったじゃないですか。だったらルナエールさんは、地球なら何も気が咎《とが》めることなく、普通に暮らせるかもしれません。あの世界では、誰も個人がそんな特別な力を持っているなんて思っていませんから、何か厄介事や戦いに巻き込まれることだってないはずです！」

「え、えっと、えっと……そうかもしれませんけど……そうかもしれませんけど！」

ルナエールが俺の勢いに気圧されて、ずっとあたふたとしている。

「それに何より、ルナエールさんには俺の生まれた世界を見てもらって……俺の家族とも会ってほしいんです！」

「は、はい……わかり、ました……」

勢いに負けたルナエールが、遂《つい》に顔を真っ赤にしたまま、こくこくと頷いた。かと思ったが、その後はっとしたように我に返り、首を左右にブンブンと振った。

「や、やっぱり、すぐには答えられません。カナタだって、もっとゆっくり考えなければいけません。私はこの世の摂理に反した不死者です。カナタと同じ時間の流れを過ごすことはできませんし、赤ちゃんだって持つことはできないんです。今はよくても、カナタにもいつかきっと、寂しい想いをさせてしまうはずです。カナタには絶対に、私よりもっといい人がいるはずなんです！」

ルナエールはぎゅっと目を瞑る。彼女の瞳から大粒の涙が溢れ始めた。

俺はルナエールを、力いっぱい抱き締めた。

「……俺も、ずっと思っていました。永遠の時を生きるルナエールさんと一緒になっても、俺が先に老いて死んで、ルナエールさんのことを置いていってしまうだけじゃないかって。そんな状態で伴侶になろうなんて、言えるはずもないと」

「カナタ……」

ルナエールも、慰めるかのように、その細い腕を俺の背へと回した。彼女の手が、俺の頭を撫でる。

「ごめんなさい、カナタ……。もし私が、普通の女の子で、カナタと同じ時代に生まれていたら……あなたにもこんな想いは、させなかったはずなのに……」

ルナエールはそこで何か違和感を覚えたらしく、ぴたりと自身の手の動きを止めた。

「カナタ……あの、勘違いかとは思いますが、あなたの身体から、《冥府の穢れ》を感じるのですが……」

ついに気付かれてしまった。俺は何をどう言うべきか悩んだのだが、決心を固め、全てをありのままに話すことにした。

「実は俺……桃竜郷《とうりゅうきょう》を訪れたときに、竜王リドラより二つのアイテムをいただいたんです。その片方が俺達を助けてくれた《ラヴィアモノリス》で……もう一つが、《ネクロノミコン》でした」

古代の不死者であった《墓暴きノルン》が天使と交信を行い、その際に受けた教えについて記したとされる、超位死霊魔法の魔導書である。ルナエールは俺に、死霊魔法についてはほとんど教えてくれなかった。

だから自分で学ぶためにリドラより受け取り、その後、時間を見てはこの魔導書を読んで、死霊魔法への理解を深めていたのである。

地球とロークロアを行き来するだけならば、わざわざ全ての魔法を使えるようにしてもらえる必要はなかった。《次元間転移《アナザーゲート》》一つで充分だからである。わざわざ全ての魔法を使えるようにしてもらったのは、《ネクロノミコン》の魔法を試して、自身をルナエールと同じ不死者にするためであった。

そして不死者化の儀式自体は、そのまま最高位神の御前で行ったことであった。最高位神にもバカ受けであり、大喜びしていた。

ただ階段を下りてこの世界に戻る途中に、勝手にルナエールを地球に連れていく算段を立てて、勝手にルナエールのために不死者になったというのは相当気持ちが悪いというか、押し付けがましい行為ではないかと妙に冷静になってしまって、今まで言うに言い出せず、妙な形になってしまったのだ。

高位の儀式を完全な形で行ったため、《冥府の穢れ》は最小で抑えられたようである。現在レベル二千近くに到達しているポメラ達にはあまり影響がなかったらしく、気づかれなかったくらいである。

「何をやってるんですか！　ば、馬鹿！　馬鹿カナタ！　なんでそんな大事なことを、一人で勢いのままに全部勝手にやってしまったんですか！　それで私が断ったら、本当にどうするつもりだったんですか！」

本当にもう、全部ルナエールの言う通りである。だから素に戻った俺が、こうして今まで何も言い出せずにいたのだ。

「駄目……ですか？」

俺が尋ねると、ルナエールは俺を強く抱き締めて、俺の唇に口付けをした。

「そこまで強く想ってもらったら……私、断れるわけないじゃないですか……」

ルナエールが顔を真っ赤にして、消え入りそうなか弱い声でそう言った。

俺はルナエールを強く抱き締め返して、今度は俺から彼女に唇を重ねた。

第五話 ■ 二人のエピローグ

1

祝勝会から一週間が経《た》った。

改めてポメラ達にずっと地球から帰れなくなるわけではないということを伝え、これまで縁のあった人達にもしばらく異世界へいってくるということを伝えて回った俺は、ついにルナエールと共に《次元間転移《アナザーゲート》》を用いて地球へと帰還していた。

「ここが、カナタの世界ですか……」

ルナエールが周囲を眺め、呆然と呟く。

俺が異世界転移する前に住んでいた、なんてことのない、やや都心から離れた住宅街である。アスファルトの上に立って、興味深げに信号機を見上げるルナエールは、凄く新鮮であった。

さすがに色々と不味《まず》いので、武器の類は《魔法袋》に仕舞っている。

地球の人間は《冥府の穢れ》をほとんど感じ取れないはずだが、ルナエールの普段の恰好《かっこう》が地球では馴染《なじ》まないことと念のため、こちらでは《穢れ封じのローブ》をやや地球風に寄せたデザインに改良したものを纏ってもらっている。それでも多少浮いた格好にはなってしまったが、妙な格好だと眉を顰められる程ではないはずだ。

俺も極力地球に馴染みやすい格好には着替えている。口座に多少お金は入っているはずだが、引き出せるかどうかに不安があった。何せ、俺が初めてロークロアに転移したのは、もう一年以上前のことなのだ。時間の流れがそのままであったとすれば、とっくにアパートの俺の部屋にあった荷物が処分されていてもおかしくないからだ。

失踪していた間の俺の扱いがどうなっているのかを不安に感じながら、俺はルナエールと共に、かつてのアパートへと訪れていた。二階建てで合計十部屋の、どちらかといえばやや小さめのアパートである。

部屋の前をうろうろとしていると、背後から声を掛けられた。

「あなた達、見ない顔だね。知り合いでもいるのかい？」

警戒した声色だった。

「あ、いえ、すみません、実は……あっ！」

振り返れば、知っている顔だった。大家のおばさんである。

「神原《かんばら》さんじゃないの！　あなたが突然失踪したせいで、こっちはとんだ大迷惑だったんだよ！　どこに行ってたんだい！」

顔を真っ赤にして大家さんが怒鳴る。

「散々警察の相手させられるわ、不動産業者は全部私に丸投げして逃げるわ、親族辿《たど》っても一人も連絡つかないわ！　何度も弁護士の先生に相談することになったんだからね！　どれだけ私が苦労させられたと思ってるんだい！」

「す、すみません……！」

凄い大剣幕だ。始祖竜よりも恐ろしいかもしれない。

「あの、よくわかりませんが、あまりカナタを責めないであげてください。彼は大変な事情があって、ようやく故郷に帰ってきたところで……」

「なんだいあなた！　私は英語なんてわかんないわよ！　迷惑受けたのはこっちなの！　口挟まないで頂戴！」

ルナエールが、大家さんの剣幕に顔を青くして、俺の背後にさっと隠れた。

ロークロアでは敵なしだったルナエールが、大家さんに敗北した。

遅れて思い出す。元々俺が《ロークロア言語》のスキルを与えられていただけで、ルナエールと大家さんは言葉が通じていないのだ。ルナエールは大家の言葉がわからないなりに、俺が責められているのを感じ取って、咄嗟に庇《かば》っただけだったらしい。あの剣幕で異界の言語を捲《まく》し立てる大家さんは、ルナエール視点、さぞ恐ろしかったことだろう。

ルナエールには今後、日本語も覚えていってもらわなければならない。

「大家さん、あの……部屋の荷物、残ってたりしませんか？」

俺が尋ねると、大家さんは表情を歪ませる。

「はあ？」

「あ、いえ、なかったら別に……」

「保管義務のある貴重品は、あなたの部屋にあったリュックに詰めて、倉庫に押し込んでるよ！こっちは法律のせいで下手に触れなくて、本当にいい迷惑だったんだからね！」

「あるんですね……」

俺は安堵した。通帳が手に入ればこっちのものだ。大した額ではないが、しばらくの寝泊りと生活はできる。

俺は大家さんについて廊下を歩き、倉庫へと案内を受けた。

「おっかない人ですね、カナタ……」

「ええ、俺ももうちょっと胆力がついたつもりでした」

まさかロークロアで下位神を倒しておきながら、大家のおばさんに脅《おび》えることになるとは思わなかった。

「……仮説通り、《冥府の穢れ》をほとんど拾えていないみたいですね。《穢れ封じのローブ》も完全なものではありませんから、やはりこちらの世界の住人は《冥府の穢れ》を感じ取る能力が極端に低いのでしょう」

ルナエールが嬉しそうな声で言った。俺はルナエールへと笑みを返す。

「あなた達、何をぼさっとしてるんだい！」

「すみません！」

大家さんに怒鳴られ、俺はすぐさま返事する。

「神原さんが行方不明になったと思ったら、そんな可愛らしい外国の女の子連れて戻ってくるなんて思ってなかったよ。その子、海外の女優さんか何かかい？　危ないことやってないだろうね？」

大家さんが尻目に俺を睨む。

大家さんもルナエールさんの美貌から、彼女が只者ではないと気が付いたらしい。そのことには鼻が高いし、嬉しく思うのだが、危ないことをやっていないか、とか人聞きが悪い。こっちはただ、ロークロアの存亡を懸けて神と戦ってきただけである。これ以上ないくらいに危ないことだった。

「あははは……」

俺が笑って誤魔化すと、大家さんが溜め息を吐いた。

倉庫へと辿り着いた。俺は大家さんからリュックサックを受け取る。

「本当に、ご迷惑をお掛けしました……」

「本当にいい迷惑だよ。それから……はい」

俺の元のアパートの鍵だった。

「大家さん、これは……？」

「野良猫が棲《す》みついてるんだよ。何回追い出しても入り込むわ、窓際で一晩中鳴くわで、誰に部屋を貸しても嫌がってすぐ出ていかれるのよ。追い出してきて頂戴」

「野良猫って……そんなこと俺に言われても」

そこまで言って、すぐに頭に思い浮かんだことがあった。

「ありがとうございます、大家さん！」

俺はリュックサックを左手に抱え、右手でルナエールさんの手を引いた。

「行きましょう、ルナエールさん！　俺の家族が待ってますから！」

「か、家族……ですか？」

鍵を開けて、扉を開く。中には一匹の黒猫が、部屋の中央で太々《ふてぶて》しく鎮座していた。

「ただいま、クロマル」

「ミャーオ」

俺が名前を呼ぶと、クロマルが鳴き声を上げて、一直線に俺の許へと走ってきた。俺はクロマルを抱き上げる。クロマルは頭部を俺の胸に預けて、責めるような目で俺を見る。

「ミャオ……」

「ごめんな、クロマル。お前を捨てていったんじゃないんだ」

俺は言いながら、クロマルの頭部を優しく撫でた。

「こちらの世界にも猫がいるんですね。ロークロアにいるのは、もっと大きくて凶暴なものばかりですが……地球の猫は、小さくて可愛らしいですね」

ルナエールが期待した表情でクロマルを見る。

「ルナエールさんも、頭を撫でてあげてください。クロマルは、ずっと俺を支えてくれた、大切な家族なんです」

クロマルを持つ手を伸ばす。ルナエールはそうっとクロマルの頭に手を伸ばす。だが、クロマルは、歩み寄るルナエールに対して、素早い猫パンチをお見舞いした。

「フー！」

「ど、どうしたんだ、クロマル？」

俺が声を掛けると、クロマルは俺へと懸命に腕を伸ばす。抱き寄せると、クロマルは俺の胸へと頭を寄せて、心地よさそうに目を閉じた。

「……すみません、クロマル、人見知りするタイプかもしれません」

俺は苦笑しながらクロマルの頭を撫でた。

「カナタ、もしかしてクロマルさんって、メスですか？」

「そうですけど……それがどうかしましたか？」

俺が答えると、ルナエールは目線を下げてクロマルを睨みつける。

「クロマルさん……悪いですが、カナタはもう私のものですからね」

「フシュー！」

ルナエールの威嚇に対して、クロマルは猫パンチを伸ばして応戦する。

「猫相手に張り合わないでくださいっ！」

俺は部屋の中で座り、クロマルを撫でながらルナエールと話をしていた。

「しかし……課題は山積みですね。俺は一年以上失踪で、ルナエールさんも戸籍のない突然現れた外国人です。そこまでこっちの世界でお金があるわけじゃありませんし、ペット可でそこまで高くない部屋を探さないと。二人で住むにはスペースも必要ですし」

「そんなに大変なことなんですか……？」

ルナエールが恐る恐る俺に尋ねる。

「厄介な神から目を付けられるのに比べたら些事《さじ》ですよ。こっちの世界には、こっちの世界にしかない面白いものがいっぱいあるんです。食べ物や娯楽はロークロアにも引けを取りませんよ。それに、ルナエールさんには全部が新鮮だと思います」

俺はルナエールへと笑顔を返した。

「それは楽しみですね。ノーブルも来たがっていましたから、いつか連れてきてあげたいです」

「うん……まあ、慣れてきたら試してみましょうか……」

俺は誤魔化すようにそう言った。さすがに地球にノーブルミミックがやって来るのは、色々と不味すぎると思うのだが。

「娯楽といえば、コトネさんに漫画を持ち帰ることを約束してるんですよね。そのためにもやっぱりもう少しお金は作っておかないと……」

地球にしばらく帰ると伝えたとき、コトネから泣いてしがみついて頼み込まれたのだ。さすがに無下にはできず約束したのだが、その巻数が思ったよりも多かった。加えて今の有名な漫画もできれば纏めて買ってきてほしいと頼まれている。

「コトネさんも、一度こっちに連れ帰ってあげたいんですよね」

「……あの人、カナタに対して馴《な》れ馴《な》れしいので苦手です。コトネさん、カナタのこと好きなんじゃないんですか？　少なくとも、多少の好意は持ってますよね？」

「大丈夫ですよ」

俺はルナエールへと苦笑いを返した。彼女はちょっとばかり心配性でやきもち焼きなのだ。まあ、そういうところも可愛いのだが。

「ルナエールさん、二人で地球の、色んな所を見て回って、想い出を作りましょう。俺……俺の生まれた世界のこと、ルナエールさんにも好きになってもらいたいんです」

「ええ、楽しみにしていますよ、カナタ」

ルナエールが満面の笑みを俺へと返してくれた。

早速地球での金策を練って、ルナエールさんの戸籍などの問題の対処法も考えなければならない。問題もやりたいことも山積みだが、きっと俺達ならば上手く行くだろう。

上位存在にお膳立てされた物語《シナリオ》は、こうして幸せに幕を閉じた。
だけれども、俺達の物語《人生》はここからだ。

あとがき

作者の猫子です。

『不死者の弟子』第七巻こと、最終巻をお買い上げいただきありがとうございます！

はい、『不死者の弟子』、ついに完結いたしました。長編シリーズの連載は数年単位で掛かるため、作者の人生に結構深く関わってくるものだなと、完結してから改めてそう感じます。小説で七巻超えの大長編シリーズは、多分この先の作家人生でも、そう多くは持つことができないだろうなと思います。

そういえば『不死者の弟子』を書き始めてからどのくらいになるのだろうなと疑問に思い、ちょっと振り返って調べてみました。

ＷＥＢ小説版の『不死者の弟子』の連載開始が２０１９年７月であり、第一巻を出したのが２０２０年の５月でした。なので自分が本作品を書き始めてから、まあだいたい三年半くらいになるわけですね。

第一巻を出したときは、大学を出たばかりの、社会人になり立ての頃でした。

あの頃は社員寮のロビーで、先輩社員に白い目で見られつつ、毎日深夜の三時頃まで必死にキーボードを叩《たた》いていたのを覚えています（相部屋だったので同僚が寝ている横で作業をするわけにはいかなかったのです）。先輩方、あのときは大変ご迷惑をお掛けしました。

現在は幸いなことに、読者の皆様のお陰で、専業作家をさせていただいております。

改めて『不死者の弟子』の既刊を読み返していると、このときは大変だったよなとか、このときはこういう考えをしていて、だからこのキャラクターの思考にこういう側面があるんだよねみたいな、そうしたことが次々に頭を過《よぎ》って、とても懐かしい気持ちになります。

これは趣味でも小説を書いたことのある人でしたら共感していただけるのではないかなと思うのですが、長編小説は書いたその作者当人にとって、思考のアルバムのような側面があると私は思っています。

自分のそのときの好き嫌いや関心のあること、人生の中での学びや漠然と感じていたこと、そのとき世界や周囲をどう捉えていたのか、そういった要素が多かれ少なかれ入ってくるものだな、と。別に短編小説でもそれはそうなのですが、長編小説だとその辺りの自身の感性の推移が見て取れるので、読み返していて「これは自分の歩いてきた道なんだな」というのを直で感じて、なんだかセンチメンタルな気持ちになってしまいます。

すみませんなんだか、だらだらと面倒臭いことを書いてしまって。『不死者の弟子』を書き終えたんだなという感傷を、そのままあとがきにぶつけたいなと思ったのです。後でこのあとがきを読み返した際に「なんでこんな恥ずかしいあとがきにしたんだ」と枕に顔を埋《うず》めることになるかもしれませんが、まあこのあとがきを読んでいるのは『不死者の弟子』を全巻読んで、その上であとがきまで見てくださった読者さん以外におりませんので、きっと生暖かい目で見守っていただけることかなと信じております。

あんまりこういうことを書くのはよろしくないかもしれないなと思いつつ、最終巻のあとがきまで読んでくださる読者さんなんてごくごく一部なんだから何書いてもいいだろう理論で書くのですが、長編シリーズを作者の当初の構想通りに最後まで書き切るのは、現実問題なかなかできることではないと考えております。

どうしても商業的な都合はありますし、年単位のお話になるので作者側の状況が大きく変わって続けられなくなることもあります。

これは『不死者の弟子』ではない別出版社さんの別シリーズのお話なのですが「全体でどれくらいの長さを想定していますか?」と担当編集の方から尋ねられて、「十巻、百万文字完結で考えています!」と宣言してドン引きされたことがあります。

一般的に長編シリーズのライトノベルは四巻くらいで区切りのいい話を持ってきて、そこでそのまま完結してしまう、といったパターンが一番多いのかなと思います。

ただ、特にファンタジー作品で主人公の課題や因縁を綺麗《きれい》に書き切って、その上でその作中のファンタジー世界を消化し切って……と考えると、まあ本作品くらいの文字数は掛かっちゃうよね、とも思います。

そういった側面を見ていると、商業と創作活動は何かと噛《か》み合わないものなのだと、常々痛感させられます。

ただ、そんな中、本作品の中でやりたかったこと、書きたかったことを全部吐き出し切って、円満な完結のできた『不死者の弟子』は、本当に幸せな作品だなと思います。読者の皆様、改めまして、本当にここまでお付き合いいただいてありがとうございました。

本巻は最終巻なので、あのキャラクターに台詞《せりふ》を上げたいなだとか、あのキャラクターがこの先どうなっていくのかを示唆したいなだとか、全体的にサブキャラクター達《たち》を掘り下げてあげたいなと思っていました。

ただ、そうしたことは、あんまりやってもただ諄《くど》いだけになってしまいそうなのが難しいところですね。やろうと思えば延々できるのですが、それで小説として面白くなるのかというと疑問符が残るのが厳しい問題です。

別にこれは特定のキャラクターに限った話ではなく全体的な話なのですが、まあ中でも特に割を食ったことになったキャラクターというのはどうしても出てきてしまったかなと思います。ごめんねメルちゃん。

サブキャラクターの話をすると外せないのはロヴィスさんですね。WEB版やSNSでの反響を見るに、彼は作中でもルナエールに次いで二番目くらいの人気があったかなと思います。なんでだよ。

本当はプロットでは某ラスボスさんを倒し切るためのアシストを行うのはロヴィスさんの役目だったのですが、書いていてさすがに正気に戻ったのでノーブルミミックにその使命は託されました。危なかった。

本作品のカバーイラスト（表紙イラスト）はカナタとルナエールですね。ラストはこの二人にしたいなと、一巻を出した頃からずっと考えていました。実は今は作業スケジュールの関係で（ぶっちゃけ私の作業がズルズル遅れていてわちゃわちゃしていたのが原因なのですが！）まだカバーイラストは上がっていない状態だったりします。

既にカバーイラストのデザイン案は三案いただいているのですが、「いや普通に考えてこれ一択だろう！」「いやいやこっちも素晴らしい！」と、私の脳内会議がてんやわんやで、まだそちらも返信できていない状態だったりします。ちょっとスケジュールが押しているので、普通にすぐ返信しないと不味《まず》いな……。このあとがきを書き終わった後に、三時間くらい頭を捻《ひね》って決定することになると思います。

本作品のキャラクターデザインとカバーイラスト、本当にどれも素晴らしいですよね！　中でも特にルナエールとポメラ、フィリア、コトネ、ロヴィス三人組のデザインが大好きです。ヒロイン達がとても可愛《かわい》くて、可愛いだけじゃなくて格好いいんですよね。

背景の雰囲気もとてもよくて、毎巻カバーイラストが届く度に、なんだか読者視点で「ここがカナタ達の新しい舞台なんだな！」とワクワクさせていただいておりました。イラストレーターの緋《ひ》原《はら》ヨウ先生、本当にこれまでありがとうございました！


『不死者の弟子』のコミカライズですが、こちらは2022年7月に四巻をもって完結いたしました。内容としては小説一巻部分で、区切りもいいためここで完結、といった形になりました。本作品は二巻、三巻辺りからの方が漫画として映えやすい内容だったのかなと思っていたので、ちょっと悔しい気持ちはありますが、これればかりは仕方のないことですね……。

漫画版では漫画ならではの表現や、小説の挿絵では入らなかったようなコマやサブキャラクターの姿も見られるので、それが本当にワクワクして、とても楽しく読ませていただいておりました。コミカルに表現されるルナエールやポメラがとても可愛かったです！

ロヴィスの登場回や、ナイアロトプが異形の正体を明かすシーンが好きでした。ナイアロトプの変貌のシーンに凄《すご》い迫力があって、小説に書いていたときに頭にあったイメージよりもずっとよくて、実はこの第七巻でのナイアロトプは漫画の変貌シーンのイメージにちょっと寄せた形になっていたりします。漫画家のかせい先生、本当にありがとうございました！

既に勢いのままに言ってしまった感じはありますが、最後に改めて謝辞を贈らせていただければと思います。

何かとご迷惑をお掛けした担当編集様、美麗でワクワクさせてくれるイラストを付けてくださったイラストレーターの緋原ヨウ先生、素晴らしいコミカライズを手掛けてくださったかせい先生、本作品に携わってくださり、ありがとうございました。

そして最終巻までこの物語を追い掛け、応援してくださった読者の皆様方にも感謝を贈らせていただきます。最後までお付き合いいただき、ありがとうございました。また別の作品でお会いできることを楽しみにしております。

OVERLAP NOVELS

不死者の弟子 7
～邪神の不興を買って奈落に落とされた俺の英雄譚～

発　行　2023年2月25日　初版第一刷発行

著　者　猫子

イラスト　緋原ヨウ

発行者　永田勝治

発行所　株式会社オーバーラップ
〒141-0031
東京都品川区西五反田8-1-5

校正・DTP　株式会社鷗来堂

印刷・製本　大日本印刷株式会社

ISBN　978-4-8240-0417-8 C0093

【オーバーラップ　カスタマーサポート】
電　話　03-6219-0850
受付時間　10時～18時（土日祝日をのぞく）

作品のご感想、ファンレターをお待ちしています

あて先：〒141-0031　東京都品川区西五反田8-1-5 五反田光和ビル4階　オーバーラップ編集部
「猫子」先生係／「緋原ヨウ」先生係

スマホ、PCからWEBアンケートにご協力ください

アンケートにご協力いただいた方には、下記スペシャルコンテンツをプレゼントします。
★本書イラストの「無料壁紙」　★毎月10名様に抽選で「図書カード（1000円分）」

公式HPもしくは左記の二次元バーコードまたはURLよりアクセスしてください。
▶ **https://over-lap.co.jp/824004178**
※スマートフォンとPCからのアクセスにのみ対応しております。
※サイトへのアクセスや登録時に発生する通信費等はご負担ください。

オーバーラップノベルス公式HP ▶ **https://over-lap.co.jp/lnv/**